JN157190

死神裁判

妻を奪われた
ボヘミア農夫の裁判闘争

ヨハネス・デ・テプラ
青木三陽
石川光庸［共訳］

現代書館

死神裁判＊目次

装幀　奥冨佳津枝

訳者まえがき

まだ東西ドイツが別な国家であった頃、訳者のひとりは西ドイツ、ライン地方のある古い教会で不思議な経験をした。髑髏のマスクをつけた黒衣の人物と、鋤だか鍬だかを肩にした農民風の衣装をつけた人物が口論をしているのである。農民は激した高声で叫び、黒衣は冷たい皮肉な口調でやり返している。早口の応酬で内容はほとんど聞き取れなかったが、死神と農夫が生と死の意義を論じているらしいことはだんだん分かってきた。地元の高校生たちの演劇サークルらしく、小さな合唱団が時おり静かな歌声を聖歌隊席から響かせていた。礼拝は終わっていて、わずかな人たちが眺めているだけだったが、しかしそこには、若者たちのみずみずしいエネルギーと、まわりの空間の神秘性とが一体となって、独特の雰囲気が醸し出されていた。忘れがたい印象として心に残ったものであった。

後にこれが一般に『ボヘミアの農夫』（本訳書では『死神裁判』）と呼ばれている中世末期ドイツの有名な散文作品と知った（蛇足ながら、当時のボヘミア王国の官房や文化世界ではドイツ語が主要な公用語だった）。妻を死神の手に奪われた農夫が、神を裁判官とする法廷に死神を告訴するという奇妙な話で、伝統的キリスト教の宇宙に収まっているように見えながら、ところどころハッとするような新鮮な人文主義的な言辞がひらめく。一本気な農夫の火を吹くような攻撃、それを手厳しく冷静に、皮肉たっぷりに反撃していく死神――そのうち農夫の口調は哀願の色を帯び、死神もまるで物の分かった老教師のようになる――かと思えば、またもや激しい一騎打ち。そして最後に神の判決が下るのだが――。

　時代も場所も関係なく、生と死の問題はいつでも人間の最大の関心事であり続ける。西暦一四〇〇年（日本で金閣寺が建てられた頃）、ボヘミアのある知識人が、おそらく当時としては老齢である五十歳頃に自分の体験をもとにドイツ語で書き綴ったこの論争書は、当時一種のベストセラーになったらしいことが現存する写本や初期印刷本の数の多さから分かる。そのあとボヘミアの宗教改革戦争などの混乱のせいか長く忘れられていたのだが、十八世紀半ばに再発見されて、それ以降は中世末期・近世初頭の輝かしい小品としてドイツ文学史に名を留めている。作者がラテン語学校長でもあった知識人だったから、論争の中に現今では分からなくなった知識もたくさん詰まっていて、現代人にはなかなか読み解けない箇所も多いのだが――しかしそれらの一切にもかかわらず論争は新鮮で刺激的である。中世的厭世観の代表である死神と、新しいルネサンス・人文主義的反抗者である農夫――と紋切り型に決めつけるわけには決していかないのだが――のそれぞれの意見は実に面白く、時には拍手したくなるほどである。いつの間にか仏教的死生観の影響を（多少なりとも）受けているであろう私たち日本人にも、死神と農夫の意見はそれぞれ深く考えさせるものをたっぷり含んでいるように思われる。この作品が言語・内容ともに難解な代物であることは十分に知りつつ、訳者たちがあえて翻訳を試みるゆえんである。

長い間たくさんの注釈書と辞書を頼りにひとりでも読み、時には大学の授業でも読んできたこの作品であるが、この度、訳者たちは数年にわたっての共同の読書会をもとに、つたない試みではあるが、定評のある注釈書・研究書に頼りつつ、一応の邦訳を作り上げてみた。この作品は伝承写本や版本の数も多く、当然本文確定にも問題は山ほどあり（ドイツ文学史上で本文確定が最も難しい作品の一つとされている）、また神学・哲学・

思想史などの分野でも極めて問題があるとされているのであるが、この邦訳ではそれらの専門的難題を論じることはほとんどしていない。まず第一に訳者たちの手に余ることであるし、また何よりもこの邦訳の目的が、六〇〇年も前に書かれ、当時かなり好んで読まれたらしい散文「文芸」(「小説」とはまだ言えない)を、できるだけ分かりやすい文章で、つまり、今の日本の読者にも当時の面白さがある程度は伝わるような形で呈示することにあるからである。本格的にこの作品の研究に携わろうという方々は、巻末の基本文献表などを参考にして進んでいただきたい。

現代の読者にはよく分からなくなっている事物や表現には、できるだけ多くの訳注をつけたが、そのほかに各章の冒頭に簡単な内容スケッチをも置くことにした。論争の進め方、その発想法なども理解しやすくなるだろうと思うからであるが、ひょっとすると要らざるお節介の類かもしれない。

訳文のみならず注釈や解説にも多くの不備が見出されるであろう。読者の方々からのご指摘を切望する次第である。

翻訳の底本は主にユングブルートの校訂版により、また注釈はユングブルートおよびベルタウの大著に多くを依存した。後者は死神・農夫双方の主張の出典に詳しく、また各章の修辞学技巧についても精密に解説している。本訳書ではそれらの問題は簡単にしか触れていないことは右に記したとおりである。

第一章　原告（農夫）

内容　第一章と第三章がいわゆる「農夫」による告訴。本来法廷の告訴では告訴人の名乗りと告訴事由の提示が必要だが、農夫は激情のあまりにそれを失念し、ひたすら死神への悪罵と呪詛を繰りひろげる。そこで死神が第二章で農夫の注意を喚起し、やっと第三章で正しい告訴の形式が整うことになる。激情のあまりに法形式を逸脱しているとはいえ、これほど多彩な表現を駆使する農夫の言語能力には驚嘆するしかない。一説では本作品は修辞学の教科書として書かれたとも言われる。作者が得意とする修辞学のサンプル集と見なしてもいいだろう。

すべての人々の残忍なる抹殺者にして、全世界に災いをなす犯罪者、人類すべての恐るべき殺戮者(1)である死神殿よ、あなたは(2)呪われてあれ！　神も、あなたの作り主であられる神も、あなたを憎まれんことを！　日増しに増える災いがあなたに巣くい、不幸が激烈にあなたの身につきまといますように。永久に恥にまみれてあれ！　あなたの赴くところ常に不安、困苦、窮乏がぴったりと離れず、苦悩、憂鬱そして悔恨とが、いたる所であなたのお供をするがよい。強烈な攻撃と恥ずかしい蔑視と、不名誉な侮辱が、いたる所で手酷くあなたを打ちのめしますように！　天と地と、太陽と月と、星辰と海と、河と山と、畑と谷と、沃野と地獄の深淵と、この世にある、またはあらんとするすべてがあなたを嫌い、あなたを憎み、あなたをとこしえに呪いますように！　万物による敵意

農夫と死神　〔「死神裁判」写本Ｂ（1480年頃）から〕

の中に沈没し、あわれな流人となって消え失せ、けっして許されることのない、神と人間とすべての被造物による最も過酷な放逐刑のうちに永遠にとどまりなさい！　あさましい悪鬼よ、あなたの忌わしい記憶が絶えることなく生きのび、続きますように。あなたの居るいたる所で、身震いと恐れがあなたのもとを去ることのないように！　私と人類すべてによって、両手をよじりながらの告発の叫び[3]が、あなたに向かって投げつけられるがいいのだ！

注

(1)　**人類すべての恐るべき殺戮者**——文頭の「…抹殺者」以後、同様の内容を三度（または二度）別な表現で反復するいわゆる「三分肢構造」。中世ラテン語の文芸散文や、この時代の官房ドイツ語や宗教的論争文によく用いられた。他の章にも頻出するが、特に第一章に集中的に用いられている。

(2)　**死神殿よ、あなたは**——原文は ir Tot。ir は二人称複数形を敬称として（単数者にも）用いたもの（現代ドイツ語のSieに相当）。十八世紀にSieが登場するまで敬称二人称はこのirであった（ローマ皇帝の自称が複数形のnosだったことに由来する）。本書において死神は農夫から常に敬称をもって呼びかけられるが、農夫は死神からは常に親称（ないし蔑称）のduで呼ばれる。また死神は（ローマ皇帝のように）自分を一人称複数形wirで呼ぶのに対し、農夫は単数形ichである。

さらに神と死神は常にGot, Totと頭文字が大文字で記され、尊称であることが明示されている。

(3)

両手をよじりながらの告発の叫び——zeter geschriren mit gewunden henden.「人殺しだ、武器を持って駆けつけよ！」が原義の、殺人者や凶悪犯を告発するときの決まり文句。そして両手をよじって悲嘆と絶望を表現するのが定型だった。

第二章　死神

内容　自分の絶対的な正当性を確信している死神の尊大な答弁。第一章**内容**で触れたように、農夫の告訴は激情の吐露のみで法的に不完全であったから、死神はことさら冷静に、告訴に必要な名乗りと告訴理由の提示を要求する（つまり死神は裁判官の役をも兼ねていることになる）。ただしその際に、自己の行為が公平無私であり、法に則っていることを強調するのを忘れない。

もう一点注目すべきことは、作者がこの作品を散文で書いたことの理由づけを死神の口を通してしていることである。注(5)参照。

謹聴、謹聴、ご一同、[1]はてさて異なことを聞かされるものだわい。残忍至極、前代未聞の訴えが我輩[2]を名指しでなされておるわい。どこからそれが来ておるのやら、我輩はまったく分からぬぞ。だがな、おどかしやら悪態やら、手をよじりながらの金切り声の告訴やら、あらゆる種類の攻撃は、これまでどこでも我輩を毛ほども痛めはせなんだぞ。だが、まあよかろう、息子[3]よ、名乗るがいい。どんな損害が我輩ゆえにお前の身に生じ、それゆえ我輩をかくも手酷く攻撃するのか、証言するがよかろう。確かに、これまで我輩は少なからざる人々を、学者であろうと貴族であろうと、見目良き人や権勢ある人、心強き人であれ、畔の区別はいっさい無しに草を刈り取ってきた[4]ゆえに、やもめやみなし子のみならず、世間一般津々浦々に苦労はたっぷり起こりはしたぞ。お前を見るに、まことに真剣に決意を固め、重き苦悩に責められておる者のようだな。お前の告訴は韻をふまず拍子も合わぬ。(5) そこから思うにお前としては、拍子や韻のために、少しでも本心から遠ざかるのがいやなのだな。しかし、もしもお前が荒れ狂い、怒り狂い、茫然自失、とんと正気を失っておるのならば、まず落ち着け、とどまれ。そしてかくも性急にひどい悪態をつくなかれ。というのも、後になって後悔にさいなまれ、ほぞをかむのはつらいものだからな。我輩の権威を、強大なる力を、少したりとも削ぐことができるなどと思うでないぞ。さはあれ、まず名乗れ。そしていかなる事件においてか我輩がお前にひどい無法をなしたというのか、黙っていずに言うがよい！　我輩も堂々と申し開きをして見せようぞ。わが行動は全きものだからな。何故お前がかくも無法に我輩の非を鳴らすのか、とんと合点がゆかぬわい。

死神が大鎌や弓ですべての人を死に追いやる
〔「死神裁判」写本P（1470年頃）から〕

注

(1) **謹聴**――複数二人称への呼びかけ。神を裁判官とする法廷には原告の農夫と被告の死神しかいないはずだが、死神は（第十一章図版に見るように）天使などが傍聴席にいると見なしているのかも。一四六三年刊の印刷本木版画では、教皇など高位高官らしき人たちが、うなだれて立ち並んでいる。

(2) **我輩**――第一章の注(2)で見たように、死神は自分を尊大な一人称複数形 wir で呼ぶので、それを「我輩」と訳すことにした。

(3) **息子**――人間の男を「息子」、女を「娘」（第四章）と呼ぶのは死神の尊大さを表す。

(4) **畔の区別はいっさい無しに刈りと取ってきた**――死神が大鎌を振るってあらゆる生命を切り倒す当時の西欧世界共通のイメージ。

(5) **韻をふまず拍子も合わぬ**――文芸作品はよき響きの韻文であるのが伝統だった。この作品は朗読に適したリズミカルな文体ではあるが、散文であるのが新鮮であり、ドイツ散文文学の嚆矢をなすものとして有名。

第三章　原告（農夫）

内容　死神の要求に従い、農夫はやや落ち着いて自分が羽ペンで紙や羊皮紙の畑を耕す農夫、つまり文筆を業となす者であり、ボヘミアに住む者であると告げる。しかし告訴の理由を告げ始めるとまたもや激情に襲われ、冷静に告知できない。被害者としての苦しみ、怨みつらみを、まるで修辞学のサンプル集のように多くの比喩に託して叫ぶだけである。農夫によれば死神の犯罪は、農夫の最大の貴重品、つまり愛妻マルガレータ（アルファベットのＭ、喜びの財宝、夏の花、キジバト等の比喩で表される）に対する「盗み、略奪」ということになる。

…………最終行の呪いの言葉は第一章冒頭の呪いの言葉と対応して、農夫の告訴がひとまず完結することを示す。

私は農夫と呼ばれておる者のひとり(1)、私の犂は鳥の羽根でできており(2)、そしてボヘミアの地に住んでおります。私はあなたに対して、永遠に憎しみを持ち、敵意を抱き、反抗し続けるでありましょう。それというのも、あなたは私からアルファベットの十二番目の文字(3)を、私の喜びの財宝を、あまりにも無情に引きちぎってしまったからです。私の心の中の牧場から、輝く夏の花(4)を、私の至福の拠り所を、根こそぎ引き抜いてしまったのです。あなたは私から、私のえりぬきのキジバト(5)を、私の幸福のささえを、奸計をもって盗んだのです。取り返しのつかぬ略奪を私に対して行なったのです！　私があなたを怨み、怒り、また訴えるの

農夫と死神　〔「バーゼルの死の舞踏」M.メーリアン画（1649年）〕

が、法にはずれた無茶なのか、自分でとっくり考えられよ！　あなたのせいで、私は喜びにあふれた生活を奪われ、日毎のすばらしい人生を没収され、喜びをもたらすすべての利得を放棄しなければならぬのですぞ。以前の私は、いかなる時にも、潑剌明朗でありました。昼も夜も短く思えて楽しくて、ひとしなみに喜びと楽しみにあふれていたのです。毎年毎年が、私にとっては祝祭年(6)でした。だが今や、私はくたばり損ないと呼ばれるのです。濁り水を飲み、枯枝に止まり、暗く醜く、朽ち果てて絶えることなく嘆き悲しむがよいと言われるのです(7)。こうして風は私を吹き流し、私は荒海の潮の流れに漂うばかり。大波は私を打ちのめし、私の錨をおろす場所はどこにもないのです。この故に、いつ果てるともなく私は叫び続けますぞ、死神殿よ、呪われてあれ！　と。

注

(1) …のひとり——ein ackerman と不定冠詞がついており、「その他大勢のひとり」というやや卑下した口調。ボヘミア王家の先祖は「耕作者」という異名を持っていたから、それを意識して卑下口調にしたか？

(2) 私の犂は鳥の羽根でできており——鳥の羽根の犂とは羽ペンのこと。すなわちペンで紙や羊皮紙の畑を耕す筆耕者、文筆の徒であると自己紹介していることになる。作者ヨハネスは公文書官であり、ラテン語学校長でもあった。耕作を筆や舌による知的活動に喩えるのは洋の東西を問わない（筆耕、舌耕など）。

(3) アルファベットの十二番目の文字——Mのこと（この当時IとJの区別はなかった）。Mとは死神に奪われた妻マルガレータ Margaretha の頭文字（第三十四章「祈り」に登場）。人名や地名を数字で表すのはラテン語で長い伝統があり、中世ドイツでも好まれた。

(4) 夏の花——女盛りというイメージ。「春の花」なら若い女性のこと。

(5) キジバト——日本語の鴛鴦《おしどり》のように古来恋人や夫婦の仲むつまじさを象徴する。

(6) 祝祭年——gnadenreiches jar「恵みの年」だが、これはラテン語 Annus

gracia eの訳語で、一三〇〇年以降、当初は不規則に、後年は二五年毎に設けられた「大聖年、大赦年、全贖宥年」Jubeljahr のこと。この作品の成立したと考えられる一四〇〇年も祝祭年だった。

(7) **濁り水を飲み、枯枝に止まり……**——すべて注(4)のキジバトがパートナーと死別したときの悲痛な状況を表す。

第四章　死神

内容　死神は、自分は何ひとつ不正はしておらず、最近ボヘミアである立派な女性に対して行なった業も最大の慈悲であったと、農夫にすればとぼけとしか思えない口調で自己弁護する。

死神は農夫の亡妻を口を極めて賞讃し、それが農夫の怒りをさらに掻きたてる。人名や地名がここでも数字で表される。

かくも前代未聞の非難攻撃には、さすがの我輩もびっくりだ。こんな経験は初めてだぞ。お前がボヘミアの地に住んでおる農夫であるならば、我輩に対するその態度はひどく不当なものではあるまいかな。何故なら我輩はもうずっと前から、ボヘミアの地では格別なことはしておらぬのだからな。もっとも、ひとつだけ例外はあって、最近、山の上に要害堅固にそびえている、安泰できれいなある町でのことは別だが。その町はと言えば、すなわちアルファベットの十八番目、一番目、三番目、そして二十三番目の文字[1]が集まってその町の名前を編み上げておるぞ。その土地で、ある幸福な立派な娘[2]に対して、我輩の慈悲を施してやったわい。その娘の文字は十二番目の文字だ。実に一点の非のうちどころのない女であった。我輩はこの女が生まれたときに居合わせておったので[3]、こう言うことができるのだ。そして「栄誉」という貴婦人が彼女に栄誉のマントと栄冠を贈ったものだ。それらを彼女のところにもたらしたのは「至福」という貴婦人であった[4]。このマントと栄冠をほころびひ

貴婦人と死神
〔「バーゼルの死の舞踏」M.メーリアン画（1649年）〕

とつ、しみひとつなく、まったく新品そのままで娘は墓穴へもって行ったわい。人の心をすべて識っておられるかの御方が、我輩の、そして彼女の証人であられる。この女はすべての人に対して、良き心をもち、友誼に厚く、誠実で、正直で、それにまったく親切であった。まことにかほど貞実、かほど好ましき女がわが手許にまいったことはまず無い。お前が言うのがこの女のことなら格別、そのほかには我輩はただの一人も知らぬぞ。

注

(1) アルファベットの十八番目……——十八番目はS、一番目はA、三番目はC、二十三番目はZ。すなわちSacz（= Saaz）。現在チェコ語でŽatecという都市。

(2) 娘——第二章注(3)参照。

(3)　居合わせておったので――死神が居合わせていたということは、マルガレータの母親が産褥で死んだことを意味するという説もある（Jungbluth）が、第十八章では死神の居合わせを必ずしも死と結び付けなくともよい類似表現も見られる。

(4)　「栄誉」という貴婦人…「至福」という貴婦人――マリア崇拝に基づく中世アレゴリー表現。

第五章　原告（農夫）

内容　検察官をも兼ねる農夫の論告が本格的に始まるべき章であるが、彼の激情はなおも鎮まらず、妻を讃える比喩表現を連発して叫びたてる。比喩はほぼ三分肢構造（第一章注(1)）であるが、第四の比喩（たとえば妻についての「わが喜びの誇るべき軍旗」、死神についての「永遠の堕落」）も見られる。修辞法の見本カタログのようである。

そうですとも、死神殿、私こそまさにその女性の思い人、彼女こそわが愛しの女性であったのです！　あなたは彼女を、わが眼にとっての極めて嬉しい楽しみを、連れ去ってしまわれた。彼女は、マリア様の如く私を災難から守ってくれる平和の盾(1)は、なくなってしまいました。私の未来を正しく占う望みの小枝は、消え失せてしまったのです。失せたものは失せたものとか(2)。かくして私、あわれな農夫は、こうして今やひとりぼっちなのです。私の明るき星は天から消えてしまいました。わが救いの太陽は沈み、もう二度と昇ってはこないのです！　朝の如く輝きを増すはずの私の明けの明星は、再び昇りはしないのです。その輝きは失せてしまいました。私には、私の苦しみの追い払い手たる人が、もうないのです。私の目の前には、真っ暗な夜しかありません。いつの日か、私に再びほんとうの喜びをもたらす何物かがこの世にあるとは、とうてい思えません。わが喜びの誇るべき軍旗はいたましくも地に落ちてしまったのですから。

L.クラーナハ画「若返りの泉」(1546年)

みんな出会え、武器を取れ！(3) こう心の底から永遠に叫ばれてあれ！

あの呪いの年に、あの災いの日に、そしてあの忌まわしい時に対して。

私の硬い不変のダイヤが砕けてしまい、私の正しき導きの杖(4)が無慈悲にも私の手からもぎ取られ、私の幸福の、若返りの泉(5)への道が、塞がれてしまったあの時に対して！ 果てしない嘆きが、絶え間の無い苦悶が、悲惨な没落が、そして永遠の堕落が、死神殿よ、あなたの身に代々伝えられんことを！ 悪徳にまみれ、恥をむさぼり、名誉のひとかけらもなく、歯ぎしりをして死ぬがいい、そして地獄の中で悪臭を発するがいい！

神があなたの力など奪い去られ、あなたを粉々の塵芥にしてしまわれんことを！ 果てること無く悪魔もどき(6)の存在であり続けよ！

注

⑴ 平和の盾――マリア崇拝関連語。次行の「望みの小枝」も同様。望みの小

枝（Wunschelrute）は先端が二股に分かれた小枝で、鉱脈や水脈を探し当てると信じられた。

(2) 諺。ほぼ「覆水盆に返らず」の意。第十三章にも出る。

(3) 第一章　注(3)を参照

(4) **導きの杖**――盲人用の杖のことであろう。

(5) **若返りの泉**――前行の「硬い不変のダイヤ」、「正しき導きの杖」と同じく聖母マリアを讃える表現。入浴すると若返る泉の伝説は中世末期からルネサンス期にかけて各地に広まった。ルーカス・クラーナハの絵で有名。

(6) **悪魔もどきの**――teufelisch。死神は死刑執行者ではあるが悪魔ではないことが分かる。

第六章　死神

内容　死神と人間およびすべての生物の関係は主人と下僕の関係に等しく、絶対に逆転することはないと死神は豪語する。そして自分の行為の公平無私性を強調する。

人間の身分も学識も美醜も心の善悪も一切無関係に死の大鎌を振るう死神は、この作品の少し後に各地で流行する「死の舞踏」Totentanz, danse macabreという絵画を想起させる（たとえばハンス・ホルバインの木版画）。一四〇〇年当時教皇庁は南仏アヴィニヨンとローマに分裂しており、それについての皮肉とも思える「法螺が岳」という新造語らしい単語が面白い。

狐は寝ている獅子の顎を打ったがゆえに、皮を剝がれてしもうた[1]。また兎は狼をつねって、それで兎にはいまだに尻尾がない。猫は眠りかけていた犬を引っ掻いた。それゆえ猫はずっと犬の怨みを買っておる。これらと同じやり口でお前は我輩を怒らせようとしているのだぞ。だが我輩が思うに、やはり下僕は下僕、主人は主人であるべきなのだ。今、分からせてやろう。我輩がこの世でいかに公正に計り、裁き、執行しているかを。いかに高貴な者をも容赦せず、どんな学識をも省みず、いかなる美貌も一顧だにせぬ。袖の下やら好悪の情、老若どちらであろうとも、その他いっさい無頓着だぞ。我輩は、善も悪もあまねく照らす太陽[2]の如く執り行っておる。善も悪もともに我輩が司るのだ。人の霊をあやつるどんな大先生[3]も、我輩にはおのれの霊を差し出し、委ねる他はない。鬼女も魔女も、我輩の前ではひとたまりもない。撞木《しゅもく》にまたがり逃げようが、山羊にまたがり逃げようが(4)、何の役にも立ちはせぬ。はたまた人の命を存《なが》えさせるお医者様も、我輩からは逃げられぬ。人参、薬草、軟膏、その他いかなる粉薬とて、何の助けになるものか。もしもこの我輩が蝶やバッタという種属についてだけ勘定書きをつけるとすれば(5)、彼等とて納得はするまいて。もし我輩が袖の下やらぺてんやら、あるいは好きや嫌いの感情で、人を長生きさせるなら、今ごろは全世界の皇帝権が我輩のもの、すべての王が冠を我輩の頭にのせ、王笏をわが手に譲り、教皇の玉座が三重の教皇冠(6)ともども、我輩のものとなっておるだろうよ。罵るのをやめよ。法螺が岳(7)についての珍奇なおしゃべりなどやめよ。お前の頭上に鉈を振るわぬことよ。さすれば木屑も目には落ちぬて(8)。

医者と老人と死神　〔H.ホルバイン画（1525年頃)〕

注

(1) **…皮を剝がれてしもうた**——この狐と獅子以下、兎と狼、猫と犬という三組の動物比喩は、古代以来の動物寓話の系譜に連なるものであるのは確かだが、直接的典拠は見当たらず、当時通用していた諺や格言に基づくらしい。なお一行目の an den backen の backe（男性単数名詞）は「頰」より「顎」の意味。

(2) **善も悪もあまねく照す太陽**——新約「マタイ」五—45の表現。

(3) **大先生**——降霊術者、巫術師のこと。第二十六章に詳しく語られる。

(4) **撞木にまたがり…**——魔女が（裸で）ほうきや山羊にまたがって飛行するという当時の俗信に基づく。

(5) **勘定書きをつけるとすれば**——死神の勘定書きが来れば死ななければならない。

(6) **三重の教皇冠**——三重冠は初期のアヴィニョン教皇以来。

(7) **法螺が岳**——Poppenfels。「大言壮語、法螺」を意味する Poppe から作られた新造語と思われる。Papenfels となっているテキストもあり、アヴィニョ

F.J.de ゴヤ画「裸の魔女」（1797/98）

ン教皇庁の所在地 Rocher des Doms「僧正岩」のあてこすりという説もある。

(8) **お前の頭上に鉈を――**諺としてよく知られていた表現。

第七章　原告（農夫）

内容　死神に対する自分の無力さを痛切に感じつつも、農夫は必死に抵抗し、自分の告訴の正当性を主張する。「永遠に嘆き続ける」しかないことを十分に知りつつ、なお「永遠に逆らおう」とする農夫の姿は、読者にいささか憐憫の情をもよおさせる。

私が全力であなたを罵り、呪い、これ以上はない不幸に見舞われよと唾を吐きかけて叫ぶことができるのも、あなたの私への卑劣至極の仕打ちからみれば当然なのです。厖大な苦痛の後に厖大な嘆きが続くのは理の当然。神様以外の誰も与えることのできないあのような賞讃すべき贈り物を奪われて、もしも嘆き悲しまぬとしたら私は人間ではありますまい。まことに、永遠に私は嘆き続けるのが当然なのです。ああ、誇らしい私の鷹(1)は、貞節なわが妻は飛び去ってしまった。わが告訴は正当なものです。というのは、彼女は筋目正しき家の出で、名誉に富んで美しく、溌剌として姿も形も仲間の誰にも勝っており、その言葉は誠実かつしとやかで、その身は貞潔そのもの、善良で楽しいパートナー――ああ、むしろもう口を閉ざしたほうがましだ。神様が彼女にお与えくださったすべての誉れと美徳を語り尽くすには、私の力は弱すぎる。死神殿、これはすべてあなたが先刻ご承知のことではないか。このような非常な心痛をこうむった私が、あなたを告発するのは当然至極です。本当のところ、あなたに何か美点のかけらでもあれば、少しは同情してくれてもしかる

農夫による死神への抗議　〔「死神裁判」印刷本e[1]（1473年）から〕

べきではありませんか。もうあなたには顔を合わせるのもいやです。あなたについては一言たりとも良いことは言うまい。渾身の力をふりしぼって永遠に逆らってみせましょう。神様によるありとあらゆる被造物が、あなたに反抗する私の味方をするはずです。天と地と地獄にあるあらゆる者が、あなたを憎み嫌うがいいのだ！

注

(1) **私の鷹は**——鷹は一般的には男性の恋人を指す比喩だが、十四世紀頃から女性にも用いられる。

第八章　死神

内容　死神は神による天国と地獄、そして中間にある地上世界、という三分法を使って、地上世界を世襲しているのが自分だと説く。この地上界は死神が死をもって治めない限り、あらゆる生物であふれかえることになるといういささか単純な計算式でもって死神の存在理由が説かれる。

神は、良き精神の持ち主には天の玉座を、悪人どもには地獄の底を、そして我輩にはこの地上の諸国を、相続財産として与え給うた。天には善行に対する褒美と平安を、地獄には罪業に対する苦痛と刑罰を委ね給うたように、かの全世界の強大なる統率者たる御方は、我輩には地球と[1]海の流れとを、それらが含むすべてとともに託されたのだ。すべて余分なものは根こそぎ刈り取り、むしり取ってしまうようにとな。愚かな男よ、考えよ、吟味せよ、思慮という彫刻刀で[2]理性を深く彫ってみることだ。そうすれば分かるだろう、もし我輩が、粘土から最初の男がこね出され[3]たときからこのかた、あらゆる地上の人間、荒野や森の獣や虫類、水中の有鱗、無鱗の魚ども、これらすべての繁殖と増加を根絶やしにせなんだとしたら、もう今頃は、だれひとり蚊やブヨやらに対抗もできず、また狼を怖がって一歩も外には出ていけまい。人は互いに喰い合って、また動物もそれぞれに、すべて生命ある物は互いに喰ったり喰われたりだ。食料が不足するからのう。土地が狭くなりすぎるからのう。死すべき定めにある者を、悼んで泣くとは愚かしい。やめるがいい。これまでそうであったように、生者は生者に、死者は死者にまかせよ。(4)愚か者よ、自分が何を嘆いておるのか、他にもっと嘆くべきことがありはせぬか、よくよく考えるがよかろうぞ。

注

(1) **地球と**――原文は der erden kloß「大地の球形」。地球がボール形であることは古代から一部の知識人の間では知られており、中世末期には一般にもかなり浸透していた。

(2) **思慮という彫刻刀で**――彫金細工の用語を用いているのは、当時流行しつつあった職匠歌人詩の影響と思われる。

(3) **粘土から最初の男がこね出されたとき**――アダムのこと。旧約「創世記」二―7。

(4) **生者は生者に……**――新約「マタイ」八―22、「ルカ」九―60に基づく表現。

第九章　原告（農夫）

内容　法廷の弁論としては感情的、主観的過ぎるように思われる農夫の長口上である。特に中ほどで生前の亡妻の華やかな情景が回想され、さらに周囲の人々の讃辞までが語られる（教会の祝詞に基づいている?）のは、もはや法廷という場を逸脱している。この章はテキストも多種多様で、本章の翻訳はひとつの試みにすぎない。終わりのほうで死神を「若返りの泉を飲んだこともない阿呆殿」と呼んでいるのが実人生に疎い神学者や聖職者へのあてこすりのようにも感じられ、いささかユーモラスである。

私は最高の宝を失い、もう二度と取り戻せないのです。悲しんではいけないとでもおっしゃるのですか？　私は悲嘆にくれ、すべての楽しみを奪われて、死ぬまで耐えなければならないのですぞ！　悲しみをもたらす邪悪なる者よ、慈悲深き神様が、万能の主が、あなたに対して私の仕返しをしてくださいますように！　あなたは私からあらゆる喜びを取り上げ、人生の楽しき日々を奪い、これまでの栄光を終わらせてしまったのです。善良にして純潔なるわが妻が、汚れなきすみかに生み落とした子供たちを連れて産婦祝別式に詣でたとき[1]、私はなんと誇らしかったことか。しかし、かのひなどりたちを生んだめんどりは、死んでしまいました。ああ、神様、力強き主よ。なんと喜ばしい光景を私はこの目で見たことでしょうか。誇らしげでありながら、いともしとやかな足取りで産婦祝別式に進み出て、もろもろの人々が愛情をこめて彼女を見つめ、祝福してこう言ったときには。「このやさしい女性が感謝を、讃美を、栄誉をうけますように。彼女とそのまだ巣立たぬひなどりたちに、神様があらゆる幸せをお恵みくださいますように」と。(2) ああ、まことに、もしも私が神様に正しく感謝するすべを十分に心得ていたならば、とっくにいたしておりましょうものを。一体全体どこの貧しい男に神様が、あれほど早く、あれほどたっぷりと贈り物をくださったことがあるでしょうか。人がなんと言おうと、神様がある男に純潔で、しとやかで、美しい妻をお授けになれば、それこそ真の授かり物、この世の何にも勝る授かり物と言うべきなのです。ああ、最高の権力を持つ天の法官たる主よ、あなたが純潔で汚れなき女性とめあわせておあげになった男は、どんなに幸せになったことか！ 名誉ある夫よ、(3) 純潔な妻をいつくしみ、喜ぶがよい、そして純潔な妻よ、名誉ある夫をいつくしみ、喜ぶがよい！

農夫と死神。産婦祝別式（1）
〔「死神裁判」印刷本a（1463年頃）から〕

神様があなたがた双方に喜びを与えてくださいますように！　ところが、この若返りの泉の水を飲んだこともない阿呆殿には、いったい何が分かるのでしょう。確かに私には心を打ちひしぐ苦悩がおそいかかることになりましたが、それでもなお私は心の底から、あの操正しい女性を知り得たことを、心の底から神様に感謝しているのですぞ。邪悪なる死神よ、すべての人間の敵よ、あなたなどは永久に神様に嫌われているがいいのだ！

注

⑴ このあたりのテキストは多様で、さまざまな解釈が行なわれている。ここでは原文の gang を Kirchgang「産婦祝別」（出産六週間後初めて教会に行き、祝別を受ける儀式）と考える説に従う。別に「子供たちを情愛深く見つめたとき」などと訳すことも可能である。「子供たち」と複数になっているのは、新生児の兄や姉のこと。作者ヨハネスには五人の子供がいたこと

が分かっている。

(2) 産婦祝別式における祝詞であろう。

(3) **名誉ある夫よ**——旧約「シラ書」二十六の良妻讃辞からの引用か。

(4) **若返りの泉**——第五章注(5)参照。

第十章　死神

内容　第八章で死神が説いたことを少しも理解していないらしい農夫に対する死神の冷静な反論。自然観察を通して真理に至ることを勧めている。観察の対象は草花、樹木、岩石から動物へ、そして人間中の英雄、学者、大芸術家へと移る。そして農夫の妻のみが例外ではありえないと、（私たちには）説得力に富む陳述で終わる。

お前の言い草を聞いてわしには(1)分かったのだが、お前こそまだ知恵の

(2)泉の水を飲んでおらぬな。自然界の動きに目を向けたことがなく、何をどう調合したらこのような世界ができるのか、のぞいたこともなく、またこの地上の変遷のさまを観察したこともないのだな。とんと阿呆な犬ころだわい。考えてもみよ。庭に咲く愛らしいバラや強く薫るユリも、緑なす野の強靭な草や人の目を喜ばせる花々も、人気のない広野の不動の岩々や空高くそびえる大木も、不気味な原野の力強き熊や猛々《たけだけ》しき獅子も、また大兵剛勇の英雄たちも、俊敏並外れた博学にしてかつ冒険心に富む、またありとあらゆる技芸に熟達した人間にしろ、すべからくこの世における神の手になる創造物は、いかに巧妙、いかに賢く、いかに強かろうと、はたまたいかに長く生き、いかに長く活動しようとも、いかなる場所においてであろうとも、ついには滅び朽ちるべきなのだ。さて、これまで生きてきた、あるいはこれから生まれる人類すべてが、必ず生から死へと移ることになっておる以上は、何故に、お前が哀惜し、

眠るキューピッドの愛の矢を死の矢とすりかえる死神
〔A.Alciatus「寓意画集」（1542年）から〕

讃えてやまぬあの女だけが、他のすべての者に起ることがその身には起こらず、また彼女に起こることが他のすべての者には起こらぬなどという特別な幸運を享受できようか。お前だとて今は予想してもいまいが、我輩の手から逃れることはないのだぞ。「さあ皆が順番に！」お前たちの言えることはこれだけだて。告訴なんぞは意味がない。何の役にも立ちはせぬ。狂気の沙汰と言うものだぞ。

注

(1) **わしには**——これまでの尊大なwir（我輩）がここで突然単数のich（わし）に変わっている。作品全体で六箇所あり、論争に熱中して尊大さの表現を忘れたか？

(2) **知恵の泉**——前章末尾の「若返りの泉」に対応した表現。旧約「シラ書」などに見られる。

第十一章　原告（農夫）

内容　農夫は死神の処罰と、亡妻への祝福とを神に祈願する。妻を讃える比喩が、名詞も形容詞も修辞学の教科書のように多彩に繰り広げられる。それらは三分肢法が多いが、五分肢、八分肢法も見られる。また中世末期から近世初頭にかけては傭兵隊が各地で活躍した時代であり、神を傭兵隊の雇い主と見なして、忠実な傭兵だった妻に良き給金を与えるよう農夫が願っているのが興味深い。

私は、あなたをも私をも共に支配なさる神様を切に信頼いたしておる者です。主があなたの手から私を守り、あなたが私に加えた悪業の故に厳しき報いをあなたに下されますように！　あなたは、いんちき手品の語り口を使い、真理に虚偽を混ぜ合わせ、わが魂のこの無残なる苦悶を、理性の苦悩を、心の痛苦を私の目から、そして私の意識と念頭からすっかり追い払おうとしているのです。だが、そうは問屋がおろしませぬぞ。なんとなれば私の心は、再びもとにもどすことは決してできぬこの永遠の悲痛極まる喪失によって、激しく痛んでいるのですから。実に彼女こそは、私のあらゆる苦痛と不快に対する万能薬、神様の侍女、私の意思の保護者、私の身体の看護人、私と彼女双方の名誉の昼夜わかたぬ監視人として、さらに倦むことなき人でありました。何事であれ彼女に託されたものは、全きままで汚れひとつ、傷ひとつなく、それどころか往々にして数を増やして、持ち主に返却されるのでありました。名誉、礼節、貞淑、温和、忠誠、節度、気くばり、そして謙譲とが、彼女の宮廷[1]にはいつも宿っていたのです。羞恥の念が、絶えず名誉という鏡を彼女の面前にかかげておりました。神様が彼女の慈悲深い保護者であられたのです。彼女ゆえに主は私にも慈悲深い方であられました。平安と至福と幸運が、彼女ゆえに私にも与えられておりました。これこそ神様から彼女への賜り物、あの家のほまれ（主婦）である清らかな彼女が、いただくべくしていただいた主よりの報酬でありました。すべての忠誠なる傭兵たち[2]の寛大な傭い主であられる神様、誰にも増して富める主よ。お慈悲をもってかの女に報酬を、給金をお与え下さい。私の望み得る限度をも超えて、かの者にお慈悲を給わらんことを！

　ああ、ああ、ああ！　無恥なる殺人鬼、死神殿、あなたは腹黒い悪徳漢だ！　あなたの裁判官には死刑執行人こそふさわしいのだ。「わしを怨むな[3]」と言って刑吏があなたを処刑台に縛りつけるがいいのだ！

神が裁判官を務める法廷で対峙する農夫と死神
〔「死神裁判」印刷本ａ（1463年）から〕

注

(1) 彼女の宮廷——市民階級の女性ではあるが、あらゆる美徳で成り立っている宮廷の女王に喩えている。

(2) 傭兵たち——中世末期から近世にかけて、とりわけ百年戦争の時代は、傭兵制度が高度に発達していた。

(3) 「わしを怨むな」——処刑前に刑吏が罪人にこう言う習慣があった。

第十二章　死神

内容　死神の口調は皮肉たっぷりで、すべての生物が最終的には死神の手にかからざるをえないことを反復して述べる。次に農夫の愛情の根源が女性にあるとするなら、再婚するがよいと、非常に実際的な助言さえする。しかし最終段落では恩愛の情が執着となって苦悩を引き起こすと、セネカ風の、あるいはほとんど仏教的とさえ言ってもよい真理を述べる（愛別離苦）。

もしもお前に正しく計算したり、数えたり、きちんと考え論じる力が備わっていさえしたら、どんなに空虚で浅はかな頭脳だとしても、まさかそんなしゃべりかたをするはずはあるまいぞ。お前は見境もなく、またその根拠もないのに罵り、かつ損害賠償を請求しておる。そんな阿呆なまねが何の役に立つというのか？　前にも言ったではないか。どんなに才智に富んでいようと、また高貴さや、誠実、理性、品性を備えていようとも、生命を持つ限りの者はすべて、我輩の手によって滅びねばならぬのだ。にもかかわらずお前は、自分の幸福のすべてがお前の清らかで立派な妻に依存しているのだなどとわめき騒いでおる。お前の意見によれば幸福は女次第ということになるが、それならそんな幸福に浸っておるがよろしいと、助言いたすことにしよう。だがな、用心するがよい、幸福が不幸に変わらぬようにな。

ひとつ我輩に教えてほしいのだが、お前がはじめてかの賞讃すべき女を娶ったとき、もうそのとき立派な女だと思ったのか、それともお前が彼女を立派な女に仕上げたのか？　初めから立派な女だと思ったのなら、冷静になって新しいのを探し求めるがよかろう。この世にはまだまだたくさんの立派で清らかな女性が見つかるし、そのひとりがお前の妻となることもあるだろうからな。もしまたお前が彼女を立派な女に作り上げたのなら、喜ぶがよい。お前は凡人を立派な女に仕立て上げ、作り上げることができる現代版の大先生[1]というわけなのだから。

だが、もうひとつ別なことを話して聞かせよう。お前の愛慕の念が増せば増すほど、その分だけ苦悩も増すのであるぞ。だから、ひとたび愛慕を乗りこえてしまえば、苦悩の重荷もおろしたことになる。愛を知る喜びが大きければ大きいほど、愛を失ったときの苦悩は大きい。妻、子供、財産、そしてありとあらゆる地上の一切は、はじめには少々の喜びを、そして終わりにはより多くの苦しみをもたらすものなのだ。地上の愛は

医者と死神　〔「上部独語　8行本　死の舞踏」（15世紀末）から〕

必ず苦悩に変わらねばならぬ。愛の終わりは苦であり、喜びの終わりは悲しみであり、楽しみの後には楽しからざることが来ねばならず、快の終わりは不快なのだ――このような終末に向かってありとあらゆる生き物は走ってゆく。自分の利口さについて大口を叩きたいなら、もっとよく勉強することだな。

注

(1) 現代版の大先生――lebendig meister という言葉には、学識を誇る教授や神学者たちへの揶揄が感じられる。自作の象牙の女人像に恋し、アフロディテの助けで生命を得たその女性を妻としたギリシャ神話のピグマリオンを踏まえて「現代版の」と言っている。

第十三章　原告（農夫）

内容　農夫は「泣き面に蜂」に類似する諺を用いて、我身の現状を嘆き、しかし神の意志ならいたしかたないという諦念まで述べるが、それも一瞬、たちまちまたもや痛烈な死神非難を繰り広げる。死神をあらゆる幸福の強奪者と呼び、それに対する賠償を請求する。法廷闘争の雰囲気が濃厚となる。

損害の後には嘲笑が続くものだとか。(1)悲しむ者はそれを身にしみて感じるのです。まさにそのとおりのことがあなたから損害を受けた私に起こっております。あなたは私を愛のふところから引き離し、苦境になじませてしまった。神様の御意志がそうである限り、私はあなたのこの仕打ちに苦しみ続けなければならない。

私がどんなに愚鈍でも、どんなに能力不足でも、どんなに知識豊かな先生方の英知を酌むことが少なかったにせよ、それでも十分に知っておりますぞ、あなたが私の名誉の強奪者、私の喜びの盗人、私の良き日常生活の泥棒、私の至福の殲滅者、私に至福の人生を作り上げ、それを保証もしてくれた事柄すべての破壊者であることを。

私はこれから何を楽しみとすればいいのですか？　どこに慰めを見出したらいいのですか？　どこに退避の場所を見つけたらいいのですか？　どこに私の療養所を見つけたらいいのですか？　どこに誠実な助言を求めたらいいのですか？　失せたものは失せたものとか(2)。そうです、私のすべての喜びは失せたのです！　まだその時でもないのに、彼女は私たちの前から消えてしまった。あまりにも早く私たちから身を隠してしまった。あなたはあまりにも早く彼女を、あの大切な、あのなつかしく愛らしい人を、私たちから奪い去ってしまった。あなたは無慈悲にも私をやもめに、私の子供たちを母なし子の境遇に陥れてしまったのですからな。みじめに、孤独に、そして苦悩に満ちて、あなたから何の賠償も得られぬまま私はこうしているのですぞ。巨大なる悪事をなさったのに、いまだ私はいかなる償いも貴殿からいただいてはおりませんぞ。死神殿、万人の婚姻の破壊者(3)よ、どういうことなのですか。あなたに奉仕しても何も良いことはない。あなたは悪事を行なっても、その後で誰にも償いをしようとはせず、誰にも弁償などする気がないのですから。私にははっきり分かります。あなたには慈悲の心がない。あなたは罵詈雑言にしか慣れておられない。あなたはいつどこにおいても無慈悲そのものです。

天の軍勢のイメージ　〔H.ホルバイン画（1525年頃）〕

あなたが人々に示してくださるその善行とやらを、人々があなたから受けるその恵みとやらを、あなたが人々に与えるその報酬とやらを、あなたが人々をそこへと導いてくれるその末路を、どうか、生をも死をも支配してくださる御方がそっくりそのままあなたに送りつけてくださいますように！　天の軍勢の主君であられる御方よ、私のこの禍々《まがまが》しい損失に、甚大なる損害に、言いようもないほどの憂いに、あわれむべき孤児たちの苦難に、どうぞ補償をお授けください。そして、神よ、あらゆる悪業の復讐者であられる御方よ、どうぞこの死神という極悪人に対して私にかわって仕返しをなさってください！

注

(1) **損害の後には――**「泣き面に蜂」に類似する古い諺。

(2) 失せたものは失せたもの――第五章にも既出の諺。

(3) 万人の婚姻の破壊者――旧約「ルツ記」一―17や、新約「ローマの信徒への手紙」七―3によって、ひとたび結婚した者は、死によって以外は婚姻を解消することができないというカトリック教会法の規定がある。eebrecher(Ehebrecher) の普通の意味は「姦通者」であるが、ここではまず「婚姻破壊者」が第一義で、「姦通者」は副次的意味と考えてよいだろう。

第十四章　死神

内容　興奮した農夫の弾劾に対し、死神は落ち着き払って皮肉な口調ながら諄諄と説く。人間は人間として最善の状況のうちに死ぬのが——古代の聖賢も言う如く——理想的であり、そこで自分は多大の好意をもって農夫の妻にそのような恵みを施したのであると。しかもめでたい大聖年に当たるこの年に。そして死神はさらに、妻の見事さに免じて農夫の魂と身体も永遠に彼女のそれと一緒にいられるよう特別に配慮してやるとの好意も示し、だからもう冷静になれと諭す。

本章でマルガレータの死は一四〇〇年八月一日となっている。事実かどうかの確証はない。

益もないことをしゃべるのは、黙っているのと同じこと。阿呆なおしゃべりより、沈黙のほうが勝るのだ。阿呆なおしゃべりには論争が続き、論争には不和が、不和には苦しみが、苦しみには心の傷が、心の傷には身体の病が、身体の病には後悔が、必ず続くものなのだ、頭のもつれきった男にとってはな。お前は我輩に論争を挑もうとするのだな。お前は我輩のせいで、お前のまったく愛すべき女房殿(1)についてどんな損害を蒙ったか、告訴しようというわけだ。

だが我輩は彼女に好意をもって慈悲深く処してやったのであるぞ。まだ楽しい若々しさを保って、潑剌とした肉体のまま、人生最善の日々のさ中に、最善の栄誉を享受しつつ、最善の年頃(2)をもって、なにひとつ名誉を傷つけられることもないそんな状態のまま、我輩は彼女を我輩の恩寵の中に迎え入れてやったのだ。これこそが、すべての賢人たち[3]が「人は最も生きたいと思う時に死ぬのが最善である」と語って、推奨し、みずからも望んだことなのであるぞ。死にたいと望んで死んだ者は、良き死に方をしておらんのだ。我輩に死なせてくれと嘆願する者は、生き過ぎた死に損いなのである。老齢という重荷を負うような者は呪われるがいい。どんなに金持ちだろうと、そんな奴は必ずや貧乏なのだ！

昇天が許されることとなったこの年[4]、天の門番（たる聖ペテロ）が鎖から解放された日[5]（八月一日）、この世の始まりから六五九九年目を数えた年[6]に、我輩はある産褥についていた聖なる殉教者である女性[7]に、短期間輝くにすぎない悲惨なるこの世を去って、良き奉仕の報いとして大きな恵みを得て神の財産を受け継ぎ、永遠の喜びの中へ、とこしえに続く生命の中へ、終わりのない安息の中へ入ることができるように取り計らったのであるぞ。

女修道院長と死神　〔H.ホルバイン画（1525年頃）〕

お前が我輩をどんなに憎もうと、我輩はお前の魂が彼女の魂とともに天国の中に留まり、そしてお前の身体も彼女のそれとともに、骨と骨とが一体になって、この地上の墓穴に留まるよう望んでおり、そうさせてやるつもりでもあるのだ。お前は彼女の善行の余慶をたっぷり蒙ることになるだろう。我輩が保証人になってやってもいいぞ。

もう黙れ。落ち着け。お前がどうあがいたところで太陽からその光を、月からその冷たさを、火からその熱を、水からその湿りを奪うことはできぬように、我輩から我輩の力を奪うことなどできはせぬのだ。

注

⑴ 女房殿——frau。「奥方」のニュアンスの濃いこの語を死神が農夫の妻に対して用いている唯一例。他ではすべて weib。

(2) **最善の年頃**――普通十二歳から四十歳くらいまでが女性の最善の年頃と見なされる。作者の妻マルガレータの死去は三十代後半と推定されている。

(3) **すべての賢人たちが**――作者は特にセネカとカトーを念頭に置いているらしい。

(4) **昇天が許されることとなったこの年**――カトリックの「祝祭年」「大聖年」「大赦年」のこと。この年にローマ巡礼や一定の宗教行為を行なうと免償され、昇天できるとされる。一三〇〇年以来行なわれ、一四七五年以降は二五年ごと。第三章に既出。

(5) **鎖から解放された日**――十二使徒の最重要人物ペテロはイエスから天国の鍵を授かり（「マタイ」十六―19）、以後天国の門番（また初代ローマ教皇）と見なされた。天使の助けによって鎖が外れ、彼がヘロデ王の牢獄から解放された日は八月一日とされる。

(6) **六五九九年を数えた日**――ヒエロニムスは世界創造から五二〇〇年目をイエス生誕の年と計算した。すると六五九九年目は一四〇〇年で、西暦一四〇〇年が大赦年、そしてマルガレータの没年となる。

(7) **産褥についていた**――マルガレータの死因は産褥熱だったと推測される。

第十五章　原告（農夫）

内容　農夫は死神の硬軟とりまぜた弁舌ぶりを非難しつつも、神と死神の超越性は認めざるをえない。しかし死神が農夫ではなく妻を連れ去ったことに忿懣やる方なく、そこで死神の本性を知ろうとする問いを発する。同時にこの法廷の裁判官たる神に向かって、神の被造物中の最悪の存在たる死神を処罰するよう懇願する。

罪人は美辞麗句を使って言い逃れをしようとするもの。あなたもまさにそのとおりです。あなたは自分がたぶらかそうとする者たちに対して、時には甘く、時には辛く、柔と剛をとりまぜて、あるいは優しく、あるいは厳しくも見せつけるのが常なのです。私にはもうはっきり分かったのです。あなたがどんな美辞麗句を弄しようとも、あなたの邪悪なる無慈悲さのせいで私があのほまれ高く、こよなく美しい人を無惨にも失わなければならなかったのだということは、私にはちゃんと分かっているのです。また私にはよく分かっています。神様とあなた以外にこのような力を行使できる者はいないということも。しかし今の私のこの苦しみは神様から与えられたものでは決してありません。というのも、もし私が神様に対して——遺憾ながらしばしばあったことですが——不敬な行ないを為したのであれば、神様はこの私自身を罰されたでしょうし、あるいはかの無原罪の御方(1)がそれを取りなしてくれたことでしょう。犯人はあなたなのだ。

であるからこそ、私は知りたい。あなたが誰なのか、何なのか、どういう存在なのか、どこから来たのか、何の役に立っているのかを。あなたはそんなに強力であって、宣戦の通告もせず私に挑みかかり、私の幸福に満ちた牧場を荒れ果てさせ、私の力の根源である塔[2]の下を掘り崩してついに倒壊させてしまったのだから。

ああ、神様、すべて悩める心の慰め手であられる御方よ、どうぞ私をお慰めください。この哀れな、悩める、悲惨な孤独者である私に、この苦しみの補償をお授けください。主よ、この残忍なる死神に、あなた様と私たち全員の仇敵である死神に天罰を下し、処罰し、責め木にかけ、そして抹殺してくださいますように！　まことに、主よ、あなたがお創りになったすべての中で、この死神ほど残忍にして醜悪、有害、非情、不正なるものはありません。彼はあなた様によるこの世の統治を濁し、掻き乱しております。彼は役立たずのものより、むしろ有益なものを攫《さら》っ

教皇も王侯もみな死神の足下に……
〔「死神裁判」印刷本a（1463年頃）から〕

ていきます。有害で老い朽ち、病気で役立たずの連中を彼はしばしばこの世に放置しておき、善良で有為の人々は皆、引っ攫ってしまうのです。主よ、あの似非《えせ》裁判官(3)をどうぞ厳正に裁いて下さいませ！

注

(1) **無原罪の御方**――wandelsone。聖母マリアのこと。また「罪無き女性」としてマルガレータのこととも解しうる。

(2) **私の力の根源である塔**――旧約「詩篇」六十一―4、「あなたは常に私の避けどころ、敵に対する力強い塔となってくださいます」から。

(3) **似非裁判官**――死神が人間に死を与える行為を一種の裁判と見なし、真の神による裁判と区別して「似非」と呼んでいる。

第十六章　死神

内容　死神は悠々と農夫の質問に答える。まず自分は神の公明正大なる「工具」であり、古典古代の賢者によっても承認されていると誇る。次にプラトンやアリストテレスに依拠しているらしい長々とした抽象論で農夫を煙に巻く。その後で死神は自分の姿をローマの寺院の壁に描かれたものを例として、具体的に述べる。さらに再び自分が神の忠実かつ有能なる僕たることを強調し、この世への貢献の大きさを誇って終わる。

無思慮な連中は悪いものを良いと言い、良いものを悪いと称する。お前のやり方も似たようなものだ。我輩が誤った裁きをしたとおまえは責めておるのだが、それこそ我輩への不法行為であるぞ。これからそれをお前に教えてやろう。

我輩が誰なのかとお前は問う。我輩は神の工作道具たる「死神さま」にして、きちんと正しく働く草刈人[1]である。我輩の大鎌はひたすら刈り進むのみ。たとえ白、黒、茶、緑、青、灰色、黄、どんな色であれ、はたまたきれいな花であれ草であれ、大鎌は手当たりしだい刈り倒す。つややかな色彩にも、それが持つ効能にも、また有用性などまったく気にすることもなく。だからスミレとて、その美しい色、かぐわしい香り、その甘美なる漿液をもってしても、何の役にも立たんのだ。どうだ、これこそが公明正大というものだろうが。ローマの先人や詩人たち[2]も我輩の側に正義があると承認してくれておる。彼らのほうが我輩のことをお前より良く知っていたからなのだ。

我輩が何であるかとお前は問う。何ものでもなく、また何ものかでもあるのが我輩なのだ。なぜ何ものでもないのかといえば、我輩は生命も、存在も、形態も、また実体(3)も持っておらず、そして精神でもなく、目にも見えず、つかむこともできないからなのだ。またなぜ何ものかであるのかといえば、我輩は生命の終わりであり、存在の終わりであり、無存在のはじまり、つまり両者の中間物であるからである。我輩は人々のすべてを切り倒すひとつの現象である。巨人豪傑とても我輩に刃向かっては打ち倒されねばならぬ。生命を持っておるあらゆる存在は、我輩によって（死へと）一変させられねばならぬのであるぞ。

お前は我輩がいかなるものであるかとも問うておる。我輩は特定などされえぬ存在である。ただし、かつてはローマのある寺院(4)の壁に我輩の姿が描かれていたこともあったぞ。目かくしをして雄牛の背に乗っている男がそれで、右手にはつるはし、左手にはシャベルを持っておる。それらを揮って雄牛の背で戦っておるのだ。彼を目がけて大群集が、ありとあらゆる人々がそれぞれの商売道具をもって打ちかかり、投げつけ、闘争するのである。そこには詩篇集を持った修道女もおった。これらの連中が、我輩を意味するその牛にまたがる男めがけて打ちかかり、投げつけておったのだ。だが死神は全員を制圧し、墓に投げ込んでしまったのだわ。ピタゴラスは我輩を、全世界のすみずみまで見通すバジリスクの目をそなえた男に譬えているが[5]、この男に一瞥されるとあらゆる生き物は死ななければならなかったのである。

　我輩がどこから来たのか、とお前は問うのだな。我輩はこの地上のパラダイスから来たのである。神がそこで我輩を創り出され、そして我輩の名を次のように正しく定めてくだされたのだ。「どの日であれ、汝も

デューラー画「メメント・メイ」(我を記憶せよ)(1505年)

しその実を食らわば、すなわち死によりて汝は滅びるならん」(6)。かくして我輩の名乗りは、「地上、天空、海の下における主君にして権力者たる死神」ということになるのである。

またお前は問う。我輩が何の役に立つのかと。お前は先ほど聞いたではないか。我輩がこの世に無益さよりは有益さを多分にもたらしておることを。もう止めよ。我輩のおかげでたいそう上首尾に事がはこんだことに満足し、我輩に感謝するがよかろう。

注

(1) **草刈人**――死神を大鎌を持った草刈人に喩えるのはドイツ語圏では比較的新しく、本例は古例に属する。ただし人の死を刈り入れに喩えるのは聖書（旧約「ヨブ」五―26、「エレミア」九―22、新約「マタイ」十三―39）由来である。

(2) **ローマの先人や詩人たち**――特に死の公平さを讃えたホラティウスを念頭に置いていているのだろう。ローマ人ではないがピタゴラスやアリストテレスなども含まれるだろう。

(3) **実体**——understant はラテン語 substantia の訳語。

(4) **ローマのある寺院の壁に我輩の姿が**——具体的には不明。異教古代とキリスト教現代の中核であるローマにこのような壁画があったとすれば、読者への説得力に富むだろう。「寺院」tempel は異教古代の神殿やイスラム教のモスク、ユダヤ教のシナゴーグなどであり、キリスト教の教会のことではない。ここで述べられる死神の姿は、古代ローマの神殿に祭られ、また壁画に描かれていたユピテル像(斧と雷光を肩に雄牛の背にまたがる)を想起させる。また十四世紀以降中欧において死神を、埋葬道具であるつるはしとシャベルを持ち、公平さのため目かくしをして牛に乗った男として描く伝統もあったとのことで、作者はこれらのイメージを融合させた可能性が考えられる。

(5) **バジリスクの目**——バジリスクは、アフリカに住んで人をにらみ殺すというギリシャ・ローマ伝説上の大蛇。ただしピタゴラスが死をバジリスクの目を持った男に譬えたというのは不詳。

(6) **汝は滅びるならん**——旧約「創世記」(二—16)の引用。ただし創世記では最初の人間アダムに対する神の言葉だから「汝」は親称 du であるが、ここでは敬称 ir となっているのが不思議である。

第十七章　原告（農夫）

内容　ここで農夫も初めて死神に対し、辛辣で皮肉な口調で反撃する。まず死神の老いぼれぶりを嘲り、死神の鎌の不公平さを難じる。始めは植物を例に、次には優秀な人物たちを例にして。そして戦場で大活躍している死神を実見したことがあり、そこでも死神の「草刈り」は不公平だったと主張する。最後に、孤児となった我が子たちに呼びかけて、共に死神に伺候して讃美しようではないかと、痛烈な皮肉の矢を放つ。

老人は新奇な珍説を、学識ある者はまだ世に知られざる奇説を、また遠く旅した者や、誰からもそれに反論は寄せられない者はでたらめ話を、平然と語るものです。誰も知らないことなので罰せられはしないのですから。あなたもそんなご老体[1]なのだから、たっぷりとでたらめ話を語るがよろしい。

あなたはパラダイスで生まれ、草刈人として正義を心がけていると言われるが、しかしあなたの鎌は不公平な刈り方ですね。まことに見事な（または「効能高い」）花は根絶やしにしておきながら、アザミはそのままにしておく。雑草は手つかずで、良き薬草は滅びなければならない。あなたの鎌はまっすぐに刈り進むのだとあなたは言われますね。だがそれでは、あなたの鎌が良き花よりはアザミを、ラクダよりはネズミを[2]、善人よりは悪人を無傷のままにのさばらせておくというのは、どういうわけなのですか。あなたのその口で教えてください、その指で指し示してください、かつて存在していた優秀で尊敬すべき人々はいったいどこに行ってしまったのか。私が思うに、あなたが彼らを拉致したのです。そして彼らと一緒に私の愛する人も失せてしまった。灰だけが後に残りました。

かつてこの地上に住み、神様と語り、神様から好意と恵みと富まで受けたこの人々は、今どこにいるのですか。この地上に座し、星辰の下を巡り歩き、惑星を定めた人々は、今どこにいるのですか。年代記にたくさん語り伝えられている知識豊かな、諸芸に通じた、公正な、そして有能にして活溌な（または「理性をそなえた」）人々はどこに行ってしまったのですか。こんな人たちすべてと、そして私の愛しい人とをあなたは殺してしまったのです。下劣な連中はみなのさばっているというのに。これはいったい誰の責任なのですか。死神殿、もし真実を語る勇気をお持ちなら、あなたは責任者として自分の名を名乗ることになるのですぞ。

あなたは自分の裁きがどんなに公正であるか、誰にも手加減はせず、あなたの鎌は一撃また一撃と正しく振りおろされるのだと頑固に主張されます。私はかつて、それぞれ三千人以上を擁している大軍勢同士が緑の草原で激突する現場に居合わせ、この目で実見したことがあります。(3) 彼らは足首まで来る血の海を徒渉しておりました。あなたはその戦場のいたる所を、ブンブン音をたてて(4)忙しく飛びまわっておられた。あなたは軍勢のうちの何人かを殺し、何人かは生きのびさせました。騎士よりは兵卒のほうがたくさん戦死したのを私は見たのです。(5) あなたはそこで、まるで柔らかい梨でも選ぶように注意深く選んでおりましたね。これでも公平な草刈りだったと言うのですか。これでも正しく裁かれたと言うのですか。こんなふうでもあなたの鎌はまっすぐに刈り進むと言うのですか。

我が子とともに死神に抗議する農夫
〔「死神裁判」写本P（1470年頃）から〕

さあ子供たちよ、(6) ここに出てくるのだ、ここに。みんなで馬に乗って死神殿のもとに馳せ参じ、伺候《しこう》して賞讃と敬意を表明しようではないか、かくも公正に裁かれる御方に対して。神様のお裁きとて、とてもかくも公正ではありえまいぞ。

注

(1) ご老体――死神は天地開闢以来の存在なので「ご老体」と皮肉られる。
(2) ラクダよりはネズミを――ラクダは古来一〇〇年も長生きする動物と考えられてきた。また「カミツレ草よりはネズミ草を」との解釈もある。
(3) 実見したことがあります――これまで作者が体験した可能性のあるさまざまの戦闘があげられてきたが、実証はされていない。伝統的戦闘表現を踏まえた作者の創作かもしれない。
(4) ブンブン音を立てて――異文が多く、さまざまに解釈されている。
(5) 騎士よりは兵卒のほうが――校訂者によっては逆に「兵卒よりは騎士のほうが」とする意見もある。
(6) 子供たちよ――マルガレータの遺児たちも動員して死神攻撃にとりかかる。

第十八章　死神

内容　農夫のなかなか雄弁な論難を聞いた死神はわざと感心したふりをして、農夫すなわち人間のなしとげた歴史上の偉業を数えあげる。そしてその偉業すべての現場に自分が居合わせたことを見せつけて、人間の賢明さなど無意味であることを揶揄的に語る。死神が語る人間の偉業の多くはテキストも多種多様であり、それらすべての確定は困難である。

ある物を知らなければ、その物について語ることもできぬはずだが、我輩はそれをやってしまったわけだな。お前がそれほど優秀な男とは知らなんだ。お前のことは昔から知っておるが、今回はとんと失念しておったわい。

我輩は、その場に居合せておったのだったな[1]。お前に知恵夫人が知恵を授けたとき[2]、ソロモン王が死の床で自分の知恵をお前に譲り渡したとき、神がエジプトの地でモーセに与えた全権力をお前にも与えたとき、お前がライオンの脚をつかんで壁に叩きつけて殺したときに[3]。

我輩はお前が星を数え[4]、海の砂と魚の数量を算定し、雨の滴を計算するのを見た[5]。お前がウサギとの競走で走り勝つのも我輩は楽しく見たものだ[6]。バビロンにおいて我輩は、お前がサラディン王の前に大きな名誉と威厳をもって佳肴と美酒をささげるのを見たぞ[7]。お前がアレキサンドロス大王の前に立って軍旗をひるがえし[8]、そして大王がダレイオス王と戦ったとき、我輩はお前に注目し、栄誉を恵んでやったぞ。またお前がアテネのアカデメイア学園で、(9)やはり神性について見事に雄弁をふるうことのできる高い学匠たちと、まことに巧みに討論を重ねて堂々と打ち勝ったるとき、(10)我輩も実に嬉しく眺めたものよ。お前が皇帝ネロに、善事を行ない、忍耐強くあるべしと教え諭したとき、(11)我輩もお前の言葉に好ましく耳を傾けたものだ。我輩も驚いたぞ、お前が皇帝ユリウスを葦の舟に乗せて、ひどい暴風にもかかわらず荒れ海を渡らせたのにはな。(12)お前が自分の工房で虹から高貴なる衣を織り出すのも(13)我輩はしかと見ておったな。その衣には、天使や鳥や獣や魚、そしてありとあらゆる蟲も描かれておったな。(14)フクロウと猿もひだの中に織り込まれておったな。(14)またお前がパリで幸運の回転する輪に(15)腰かけ、逆立ちをして(16)踊り、黒魔術の技に没頭し、悪魔の眷属を不思議なガラスびんの中に封じ込んだとき、(17)我輩はまことに大笑いして、お前のことを自慢したものだ。エヴァ夫人の

尼僧と死神　〔H.ホルバイン画（1525年頃）〕

堕罪についての討論に際して、神がお前の意見を徴したとき、我輩はまず何よりもお前の知恵に気づいたぞ[18]。

お前がかくも賢いことを前から知っておったら、我輩もお前の言うことを聞いたであろうよ。お前の妻をも、すべての人間をも永遠に生かしておいたであろうよ。ただただお前に敬意を表してそうしたであろうよ、何となればお前はまったく賢明なるロバ[19]であるからのう。

注

(1) 以下に死神がその場に居合わせた謎めいた場面が十四種語られる。テキストも多種多様で、謎解きは容易ではない。

(2) **知恵夫人が知恵を授けたとき**――蛇にそそのかされてエヴァがアダムに知恵の木の実を食べさせたこと。これによって人間は死すべきものとなった。中世流行のアレゴリーによってエヴァは「知恵夫人」と呼ばれている。他本では frau Sibilla すなわち古代ギリシャの女予言者となっているものもある。

(3) **ソロモン王が**——ソロモン王以下の例は旧約聖書の諸書に基づいているが、厳密に対応するものはなく、さまざまの事例を綴り合わせている。例えばライオン云々はサムソンである（「士師記」、十四章）。

(4) **星を数え**——「創世記」十五—5（神のアブラハムへの言葉）「星を数えることができるなら、数えてみるがよい。」

(5) **雨の滴を**——ピタゴラスを始祖とする算術の盛行を述べているのであろうが、もちろん旧約聖書にそれぞれ出典を求めることが可能である。例えば「シラ書」一章。「すべての知恵は主から来る。主と共に永遠に存在する。浜辺の砂、雨の滴、永遠に続く日々、誰がこれらを数え尽くしえようか。天の高さ、地の広さ、地下の海……」

(6) **ウサギとの競走で**——ウサギより速いアキレスが亀との競争に決して勝てないというエレアのゼノン（前五世紀）のパラドックスにヒントを得たか？それとも従来知られていない人とウサギとの競走があったのか？

(7) **バビロンにおいて……**——旧約「ダニエル書」、五章、バビロンのベルシャツァル王の大宴会においてダニエルが壁に現れた秘文を読んだ情景か？あるいは一章のネブカドネツァル王の場合とも。

(8)…**軍旗をひるがえし**――アレクサンドロス大王の旗手はクリトゥス Clitus という人物であることが知られている。アレクサンドロス大王とペルシャのダレイオス三世との戦いは紀元前三三一～三三〇年。

(9)プラトン創立の「アカデメイア学園」のこと。

(10)**堂々と打ち勝ったるとき**――アカデメイア学園で討論した人物としては、アリストテレスやパウロが考えられる。

(11)**教え諭したとき**――セネカのこと。ストア派哲学者で若きネロの師であったが、後に死を命じられた。

(12)ルカーヌス Lucanus の叙事詩『ファルサリア』Pharsalia に登場する漁師アミュクラス Amyclas のことと思われる。彼は深夜、ユリウス・カエサルによってアルバニアの海岸からイタリアのブリンディシまでカエサルを荒れ狂う海を横断して運ぶよう命ぜられる。ただし葦の舟は原話には登場しない。アミュクラスの葦で葺いた哀れな船小屋との混同か。

(13)**虹から**――「虹から」は「虹のような非物質的存在から」ほどの意味であろう。しかし「虹のように色とりどりの」という説もある。後者は十二世紀の神学者アラヌス Alanus の詩「自然の嘆き」にその典拠を持つ。前者はちょうど「筆をもって耕す人」で詩人・学者を表すのと同様の比喩で、万象を描き出す画家、あるいは万物の研究者のことか？

(14) **フクロウと猿も**――フクロウは「知恵」の、猿は「愚劣」の象徴であろう。

(15) **回転する輪**――中世美術で有名な有為転変のシンボル。女神フォルトゥナの回す車輪に人間がしがみついている。また「パリで」は、作者がパリ大学で学んだ可能性を示しているのかも。

(16) **逆立ちをして踊り**――異文が多く、決定は不可能。

(17) このあたりの出典についての詳細は不明。

(18) 旧約「ヨブ記」三十八章、三十九章の、神がヨブにその知識と能力を皮肉に問う箇所を踏まえているか？

(19) **賢明なるロバ**――ロバは古来「馬鹿者」の意味を持つ。

第十九章　原告（農夫）

内容　農夫はここで忿怒を抑え、一歩退いて自分と死神のこれまでの対決を眺め返し、少しの自己卑下とともに改めて償いを要求する。その際彼は自分の謙虚さを強調し、死神の反省と同情とを引き出そうとする。もちろん最後の「鉄槌」による打撃をしっかりと言明することをも忘れはしない（まるでカマキリが戦車に立ちむかうような滑稽さを読者に感じさせる効果を持つ）。

この章で農夫がしきりに要求している（自分と子供たちへの）「弁償」とは、よき再婚相手に恵まれることと解する説もある。

人間は真理のゆえに、しばしば嘲りと虐待を蒙らなければならないものです。今の私の身に起こっていることがそれです。とてもありそうもない事どもを、前代未聞の働きを私がやったなどと、誉め讃えておられるのですね。あなたの言葉の暴力はあまりにもひどく、私への仕打ちは邪悪そのもの。私はもう打ちひしがれております。そしてもし私がそれについて反対意見を述べようものなら、あなたは私を憎み嫌い、怒りで一杯になるのです。誰であれ、自分が悪事をなしたくせにそれを償おうとも、または相応の処罰を引き受けようともせず、それどころか図々しくもすべてについて反抗しようとする者は、用心するのがよろしいのだ、万人の忿怒の的とならないようにね。

私を好例としてみられるがよい。私に対してこれまであなたがいかに長短ともにバランスを欠いた態度を取ってこられたにせよ、いかに無慈悲な、いかに不当な行為をなされてこられようと、私はそれを甘受しており、本来ならその権利がある復讐をしようとも思っておりません。今日もなお私は、より良き人間になろうと望んでいる者であります。[1]もし私があなたに何か不正な、あるいは醜悪な振る舞いをしたというなら、どうかご教示願います。私は喜んでその償いをいたします。しかし、もしもそうでないのならば、私の損害を償ってくださるか、あるいは、どうしたら私の心の大いなる苦痛を癒せるのか、ご教示願いたい。本当に、このような貧乏くじを引き当てた男もありますまい。しかし、このようなことのすべてはともあれ、そもそも私の謙虚さに目をとめていただきたいものです。あなたは、私の「憂いを転じてくれる女性」に対して、また私と私の子供たちに対して行なった非道を弁償してくださるか、それとも私に同道して、神様の法廷に行くか、のどちらかですぞ。神様は私やあなたの、いや全世界の公正なる裁判官でいらっしゃるのですから。

Der Ackerman.

農夫と死神　〔H.ホルバイン画（1525年頃）〕

もしその気になればあなたは容易に私の許しを得られるのかもしれませんよ。それは御自身の判断にお任せしましょう。あなたはきっとあなたの不公正さを御自身ではっきり悟り、後には私に対して行なった巨大な悪事の償いをなさってくださるものと私は信じております。どうか良き分別をお持ちになってください、さもなければ鉄槌が金床に振りおろされねばなりません。打撃には打撃で応えなければなりません。たとえその結果がどうなろうとも。

注

(1) **より良き人間になろうと望んでいる者**――「私と死神という二人のうちで、より良い存在であることを望む」とも解釈できる。また der besser = der Besserer, Heiler ととって「私がこの一件の解決者となることを」と考えることも可能。

第二十章　死神

内容　ややおだやかな口調になった農夫に死神も好意的に反応し、教え諭すように死の必然性とそれを嘆くことの無意味さを説く。論拠はほぼセネカやキケロに基づいているようである。後半部では、死者をその若さゆえに、あるいは美貌ゆえに嘆くことの非を具体的に説く。老齢は醜悪以外ではなく、美貌ははかないと。

良い話し方なら人の心はなごむもの。謙虚さは人を寛容にし、忍耐は人を栄誉へと導く。怒った男は他の男を公正に判断することができない。[1] もしお前がもっと以前から穏やかに我輩に語りかけておったら、我輩も穏やかに教え諭したことであろうよ、妻の死を嘆き、また泣き悲しむのはよろしくないことだとな。お前は風呂で死ぬことを望んだ哲人[2]のことを知らんのか？ あるいは、死すべき定めにある者たちの死を人は嘆くべきでないと説く彼の書物を、お前は読んだこともないのか？ もし知らぬのなら、それでは今こそ知るがよい。人間は生まれ落ちると同時に、いつか必ず死ぬという契約の固めの酒を飲んだのであると。始まりの同胞《はらから》は終わりなのだ。外に派遣される者は、いつかまた帰り戻る義務を負っておる。いつか必ず生じる定めには、誰も逆らうべきではない。あらゆる人々の身に起きることに、個々人が抵抗すべきではない。借りたものは返すべきである。この世の人々はすべて異国に仮住まいしておるのだ。今有るものから無へと全員が変動しなければならぬ。人間の命は急ぎ足で通り過ぎる。今は生きているが、ちょっと手の平を返すだけでもう死んでおるのだ。

簡潔にしめくくるなら、人間は誰でも一度は死ぬという債務を我輩に対して負っており、そして死ぬのは人間の相続権利でもあるのだぞ。もしお前が妻女の若さのゆえに涙を流しているなら、それはまちがっておる。人は生まれるや否や、もう死ぬべき年齢に十分に達しておるのだ。お前はもしや、人の年齢とは高貴なる宝物であると考えておるのではあるまいか。とんでもない、年齢を取るというのは病的にして苦しく、醜悪にして冷酷、誰にとっても不快なものだぞ。何の役にも立たず、ありとあらゆる事柄に無益なる代物だ。熟したリンゴはよく糞土に落ちるものだし、熟れた梨もよく水たまりに落ちるものだぞ。

あるいは、もしお前が妻女の美貌ゆえに嘆いておるのだとしたら、子供っぽいことだ。人間の美形など、年齢か、はたまた死が粉砕してくれ

美女と死神　〔「ベルンの死の舞踏」(1510年代) から〕

るわ。バラ色の唇は必ず灰色に変じ、赤い頰は必ず青ざめ、明るい瞳も必ずどんよりと暗くならざるをえないのだ。

お前は賢者ヘルメス(3)の、美しい女には用心せよとの教えを読んだことはないのか。彼はこう言っておるぞ。美しきものは皆がそれを欲するが故に、毎日どんなに気を遣っていようとも、保持するのは至難の技である。醜悪なるものは皆に嫌われるが故に、どうにか保持できるのであると。

もうあきらめることだ。再び手に入れることのできない損失物をいつまでも恋々と嘆くものではないぞ。

注
(1) あるいは「他人を見分けることができない」とも。
(2) **哲人**——皇帝ネロによって自殺させられたストア哲学者セネカのこと。風呂の中で自ら血管を切り開いて死んだ。『道徳書簡』『閑暇について』などの著作で、賢者の生き方を説いた。

(3) **賢者ヘルメス**——ローマ人がギリシャ神話のメルクリウスと同一視した旅と商業の守護神。中世末期には賢者の代表の如く見なされていた。

第二十一章　原告（農夫）

内容　農夫もいささか頭を低くして、死神に助言と指導を請うという理性的な態度をとる。だがその途中でまたもや感情が激し、助言と指導のみならず、償いと神による報復をも強要するに至る。本章にもセネカの影響が多く見られる。

正しき処罰には喜んで服すること——賢明なる人はすべからくそのようにすべきであると、世の聖賢が説いているのを私は聞き知っております。そう、あなたからの処罰もまた甘んじて受くべきものであります。そして、良き処罰者は同時に良き助言者でもあるはずですから、どうかご助言とご指導を私にお与え下さい。すなわち、どのようにして私はこの言い尽くせぬ悲しみを、この悲嘆極まりない苦しみを、比類なき憂いを、私の心から、気持ちから、全感覚から掘り起こし、根絶やしにし、追い払ったらよいのでしょう。

神かけて申しますが、言葉に尽くせぬ心痛事が私には起こったのです。我が家のしとやかな、誠実な、永遠不変の名誉たる女性がこんなにも早く私から奪い取られ、かくして彼女は死に、私はやもめに、子供たちは孤児となってしまったその時に。

ああ、死神殿よ、全世界があなたの非を訴えておりますぞ。そして私もです。しかしながら、どこかに一点の長所も持たぬ極悪人などいたためしはないのですから、どうぞ私に良き助言、良き支援を賜りますように。すなわち、どうしたら私はこの重き悩みを心中から捨て去ることができ、どうしたら私の子供たちはあの清らかな母親の埋め合わせをしてもらえるのかについてであります。もしそうしてもらえなければ私は永久に意気消沈し、子供たちは永久に悲しみに暮れていなければならないことになります。こう申したからとてお怒りになりませぬように。私は知っておりますが、理性のない獣ですら、生まれつきの本能によって配偶者の死を嘆き悲しむのですから。

あなたは私に対して援助と助言と償いとを提供する義務を負っておられるのです。損害を与えたのはあなたなのですから。もしもこれが行なわれないとしたら、神様は全能の御方であるにもかかわらず、復讐のお気持ちはないということになりましょう。だがあなたへの報復は行なわれなくてはなりません。だからあなたはもう一度あなたの七つ道具のつるはしとシャベルを揮うべきなのです(1)。

幼児を連れ去る死神　〔H.ホルバイン画（1525年頃）〕

注

(1) この箇所はさまざまな解釈が可能となる。「つるはしとシャベル」は第十六章注(2)を参照。再度埋葬道具を揮るって死者を甦らせよ、の意とも取れ、また打ちかかる私に対して防戦せよ、とも読める。

第二十二章　死神

内容　冒頭と終末部で死神は農夫を皮肉な口調でからかう。しかし中心部ではまじめに死の必然性、不可避性を説き、どのようにしたら死による悲しみを、あるいはそもそも苦痛を心から取り去ることができるかを、ストア派の四情念の概念を用いて説得的に語る。

ガチョウはいつもガーガーと鳴きわめき、狼は子羊をトッテクォートッテクォー（喰おう）と吠えるものよ。[1] 誰でも好きなようにお説教を垂れるがよかろう。お前もそんな勝手な糸筋(2)をつけてお前の説法を紡ぎ出そうというのだな。だが我輩は以前お前にこんな織物下絵を描いてやったはずだぞ。死すべき者の死はいささかも嘆くべからずとな。

我輩はあらゆる人間がその命を税として、また年貢として差し出さねばならぬところの収税吏なのであるから、いったい何故にそのように反抗いたすのか。というのも、我輩をたぶらかそうとする者は実のところ、自分をたぶらかしておるに過ぎないのだからな。

じっくりと頭に入れて、よく理解するがよい。生とは死のために造り出されたものなのだぞ。もし生がなければ、我輩もおらぬだろうし、我輩の仕事もないことになるだろう。だがそうすると、この世の秩序もなくなるのだぞ。今お前は悲痛の極みにおるのかもしれぬ。あるいは理性というものがお前の中には宿っていないのかもしれぬな。もし理性が備わっておらぬのなら、それを授けて下さるよう神にお願いするがよい。

だがもし悲嘆に沈んでおるのだとすれば、もう止《や》めろ。(3)あきらめるのだ。この世の人間の命など一吹きの風にすぎぬことを銘記せよ。

どのようにして心から悩みを取り除いたらいいのかと、お前は尋ねておる。お前は以前アリストテレスから習ったはずだ。喜びと悲しみ、恐れと希望という四つのものは、全世界を悩ませる、とりわけこれらに対して身を守るすべを持たぬ者たちを、とな。(4)喜びと悲しみは時の経過を短くし、恐れと希望は長びかせる。この四つを心から完全に追い払えぬ者は、常に悩み続けなければならぬのだ。喜びの後には悲しみが、愛の後には苦しみが、この世においては必ずやって来るもの。愛と苦しみはいつでも必ず一緒に居るのだ。一方の終わりが他方の始まりというわけだ。

苦しみと愛の関係は、ちょうど、誰かが何かを心中深く抱え込んで決して手放そうとしないようなものだ。ある人が満足していればその人は貧者とは言えず、不満足なら富者とは言えぬのだ。というのも、満足とか不満足とかは財産やら目に見える事物やらについてではなく、心の中の話なのだから。心中深く抱いている愛を全部外に追い出す気のない者は、今ある苦しみをいつまでも抱き続けねばならぬ。心から、感覚から、情念から愛の記憶を追い出してしまえ。そうすればたちどころにお前は悲しみを乗りこえられるのだ。もし何かを失って、どうしても取り戻せない時には、そんなものは一度も所有したことなどないように振る舞えばよろしい。たちまちお前の悲しみは消え去る。そうしないと、お前の苦しみはいっそう増すことになるぞ。というのは、どの子供が死んでもお前は悲嘆に暮れるだろうし、またお前が死んでも、子供たちとお前自身とは嘆き悲しむことになる。別れなければならないのだからな。

お前は子供たちのために母親を取り戻そうとしておる。もしお前が過ぎ去った年月を、あるいは口に出してしまった言葉を、あるいは失われ

死神とキューピッド　〔A.Alciatus「寓意画集」（1542年）から〕

た処女性を、もう一度取り戻せるものならば、子供たちに母親を取り戻してやるがよかろうぞ。

我輩の助言はこれで十分だろう。どうだ、分かったか、なまくらなつるはしよ。(5)

注

(1) **ガチョウはいつも**——ガチョウは千年一日の如く愚かしげにガーガー鳴くという嘲りを含む。狼の部分は欠いている諸本も多い。狼の鳴声の lamm／lamb は「子羊」とも解すことができるので、「クォー」すなわち「喰おう」と訳してみた。

(2) **糸筋を**——機織りの用語。織る工程の基準となる「親糸」のことだが、ここでは紡ぎ出される言辞の意味だろう。本章には詩人の働きを織匠の活動にたとえる「織匠アレゴリー」が見られ、当時のボヘミアでの流行かとも考えられるが、詳細は不明。

(3) **止めろ**——brich ab : abbrechen は「中止する」という一般的な行為というより、本章冒頭の「織匠アレゴリー」の一部として、紡いでいる糸を断ち切るという一種の縁語と考えることもできる。

(4) お前は以前アリストテレスから——アリストテレスではなく、プラトンからキケロ、ボエティウスに至るストア派の称える四情念（quattuor passiones）。

(5) なまくらなつるはし——pickel　農夫の頭脳を彼の工作道具にたとえて皮肉った。

第二十三章　原告（農夫）

内容　農夫もまずは死神の教えに感謝するような態度を取るが、すぐその後では、喜びや愛情が抹殺されたらこの世は暗黒であると主張する。その際、人間の心はくつろいではならないものなので、理想的宮廷社会においては一瞬たりとも悪心の入り込むすきのないように常に宮廷技術修得に励むのと同様に、自分も一瞬たりとも妻のことを忘れないのだといささか非論理的な宣言をし、死神をコウモリ的存在と皮肉る。

時がたてば真実に気づくものですね。学べばそれだけ力もつくのですね。死神殿のお言葉が優しく、また快いものであることに私も今はいささか感じ入っております。しかしながら、もしこの世界から喜びや愛情、楽しみ、娯楽といったものがみんな追い出されてしまったら、この世はひどいことになりましょう。この点については、ローマ人を引き合いに出すことにいたしましょう。(1) 彼らは自分もそう行ない、また自分の子孫たちにもこう教えてきたのですから。すなわち愛情というものを尊重し、(2) 余暇には馬上試合、槍使い、舞踏、徒競走、跳躍などのあらゆる上品な宮廷的技芸に励むべし、ひまをもて余して悪事にふけることがないようにと。なぜかというと、人間の心はゆったりとくつろぐことができないものだからなのです。心はいつでも正か邪の働きをしていなければならない。眠っている時でも心はくつろごうとはしません。心から正しい考えが取り除かれると、かわりに邪悪な考えがそこに入り込むのです。正が引っこめば邪が入り、邪が引っこめば正が入る――この交代は世の終わりまで続かざるをえないのです。喜びや礼儀、羞恥心などの高貴な特性がこの世から駆逐されてこのかた、世は悪意、恥辱、嘲り、不実、裏切りなどで満ちあふれています。あなたもこれは連日ご覧のとおりです。

だから私があの最愛の女人の思い出を心から追い出してしまったら、そのかわりに悪しき思い出が心に戻ってくることでしょう。そのくらいならむしろ、四六時中最愛の人のことを思っていたいのです。心底愛するものが心底つらい悲しみに変わってしまったら、いったい誰がそれを簡単に忘れられましょう。悪しき人たちはそれをしますが、良き友は常にお互いのことを思い続けるのです。遠い道のりも長い歳月も愛する友同士を別れさせはしない。肉体的には彼女は死んでいるにせよ、私の記憶の中では依然として生き続けているのです。死神殿、あなたの御助言が何かの役に立つとおっしゃるなら、もっと誠実に助言してくださらねばなりませんぞ。さもないとコウモリ男(3)のあなたは、ハイタカにもまして鳥類の憎しみを買う破目になるでしょう。

注

(1) ローマ人——不明。実際は最盛期中世の模範的宮廷社会のことを指しているようである。
(2) 愛情というものを尊重し——「名誉を愛好し」とも解釈可能。
(3) コウモリ男——コウモリは鳥と獣の中間的存在として、虚偽、不実、不正などの象徴。

第二十四章　死神

内容　頑固な農夫に業を煮やした死神は、ついに人間の（特に女性の）生理的不潔さを逐一暴露し、表面的美醜に囚われる男の目を醒まそうとする。中世末期に流行した「死を思え」memento mori 思想表出の一原型である（日本において特に中世に流行した不浄観、またそのリアルな表現である九相図などを想起させる）。醜悪さの表現が多岐にわたっていて、まるで悪罵のカタログの如くである。

賢い男というものは損得にかかわらず愛憎ともに過激であってはならぬものよ。お前の態度はそうではないな。助言を欲しながら、その助言に従おうとしない者には、助言しても意味がない。我輩の好意ある助言もお前にかかっては形無しだわい。

さて、お前にとって愉快であれ、はたまた不愉快であれ、我輩は真実をお前の心に開示してやろう。聞く耳があるなら聞くがいい。お前の短小なる理性、お前の切り縮められた感性、お前の空虚なる心は、人間というものを、人間があり得る以上のものに仕立てようとしておるのだ。お前が一人の人間をお前の希望どおりに作り上げるのはお前の勝手だが、その人間は我輩がこれから――失礼ながら――どんな清純な御婦人方についても歯に衣着せず、お前に話してやる以上のものではあり得ないのであるぞ。

人間は罪のうちに孕まれ、不潔で口にも出せぬ汚物をもって母の胎内で養われ、赤裸で産み出される。人間はベトベト汚れた蜂の巣箱[1]、全き不快そのもの、不潔な堆肥、糞桶、蛆虫の餌、臭い便所、汚らしい手水桶、腐った死骸、かびだらけの戸棚、底の抜けた袋、穴のあいたポケット、ふいご[2]、貪欲な喉穴、臭いにかわ鍋、悪臭を放つ小便つぼ、胸くそ悪いバケツ、人をたぶらかす上っ面だけの人形、粘土で固めた泥棒の巣窟、貪欲な焼き入れ槽[3]、外側だけ白塗りの墓[4]なのだ。

その気がある者はよく覚えておくがよい。完全に創られた人間は誰でもその身体に九つの穴[5]をそなえておる。そしてそのすべての穴からは、これ以上汚いものはありえない、胸くそ悪い不潔な汚物が流れ出ているのだ。これほど美しい人は見たことがないと思うほどの人でも、もしお前がヤマネコのような鋭い目[6]を持っておって、その内部まで見通すことができるとしたら、さぞかしゾッとするであろうよ。どんな美女であれ、仕立屋の色（あざやかな服[7]）を剝ぎ取ってしまえば、お前が見るのはぶざ

貴婦人と死神
〔「上部独語　4行本　死の舞踏」（1465年）から〕

まな人形、すぐに萎れてしまう花、ほんの少ししか続かない輝き、ほどなく砕け崩れる土の塊(8)なのだ。百年前に生きていたありとあらゆる美女たちを、ほんの一握りだけでもいいから我輩に見せるがよい。もっとも壁画美人は除くがな。もしそれができたら、お前は皇帝の冠をかぶるがよかろう。愛情など水に流せ。憎しみも水に流せ。ライン川も、またその他の河川も、流れるに任せることだ、阿呆ロバ村の賢い若旦那さんよ。

注

(1) ベトベト汚れた――古来ヨーロッパやアフリカでは蜜蜂の巣箱に牛糞を塗って堅牢にした。

(2) 「底の抜けた袋」は男性への、「穴のあいた」は女性への性的比喩。「ふいご」も性的行為ないし排泄に関する卑語。

(3) **貪欲な焼き入れ槽**――鍛冶作業で熱した鉄を急冷して硬度を増すための水槽。ここでは女性器の比喩。

(4) **白塗りの墓**――新約「マタイ」二十三―27に、律法学者とファリサイ人の偽善性を咎めて、「あなたたち偽善者は不幸だ。白く塗った墓に似ているからだ。外側は美しく見えるが、内側は死者の骨やあらゆる汚れで満ちている」とある。

(5) **九つの穴**――初期仏教経典にも見られる九穴不浄説が説かれている。なお、誰でも分かるように、厳密に言えば九という数字は男性にしか当てはまらない。

(6) **ヤマネコのような鋭い目**――ヤマネコ（羅 lynx、中高独語 luhs）は、すでに古くから、鋭い視覚で名高いギリシャの英雄リュンケウス Lynceus の名前と語源上関係づけられて、鋭い目の獣とされていた。

(7) **仕立屋の色（あざやかな服）**――未詳。フラエンロープ（Frauenlob）のマリア讃歌に神を「マリアの仕立屋」とした例があり、仕立屋とは神のことか？ また「色」とは皮膚の色、すなわち外皮のことかと思われる。直前の動詞 benemen, abziehen も皮はぎ関連の用語「剝ぎ取る」。

(8) **土の塊**――旧約「創世記」二―7「主なる神は土の塵で人を作られ……」

第二十五章　原告（農夫）

内容　農夫は死神の露悪的な言葉に腹を立て、神の被造物中の最高存在である人間を貶めるのは、神を貶めることだとやり返す。神が人間を自分に似せて作ったという創世記の記述を中心にして、頭、目、耳、鼻、歯、舌という諸器官の精巧さを神の名人芸として讃え、それらを完備した人間を貶める死神は、神の楽園出身ではあり得ないとなじる。

ええ、忌々《いまいま》しい、破廉恥の大風呂敷のようなお人だ。神様の最愛の被造物である価値ある人間を、あなたは何たるひどいやりかたで破壊し、虐待し、冒瀆しておられるのか！　それによってあなたは神様をも汚しているのですぞ！　今はじめて分かりました。あなたは大嘘つきで、自分で言われるようなパラダイス生まれなどではないということが。もしパラダイスに生まれたのだったら、知っておられるはずだ、神様が人間および万物をお作りになったこと、しかも入念に良きものとしてお作りになり、そして人間を万物の上に置かれ、それらすべての支配権を人間に委ね、それらが人間の足下に服従するように決めてくださったことを。すなわち、神様ご自身がそうなさっておられるように、人間が地上の獣、空の鳥、海の魚、大地の果実すべてを支配するようにお命じになったことを（1）。

　もし人間があなたの言われるように下劣で邪悪で不潔だとしたら、神様が汚らわしく、役立たずの仕事をなさったことになるではありませんか。神様の全能かつ尊厳なる御手が、あなたが説かれるようなそんな不潔で汚れきった人間という工作物を作られたのだとしたら、神様は欠点だらけの下手な工匠ということになるでしょう。そうだとしたら、神様が万物をお作りになり、そして人間をとても美々《びび》しくその上に据えられたということも、成り立たなくなります。

死神殿、無益な騒ぎはお止めください。あなたは神様の最高傑作を侮辱しているのですぞ。天使や悪魔、森の妖精コボルトやフクロウなどは皆、神様の御意志のままの精霊でありますが(2)、人間は神様の御作品のうち最も上等の、最も精巧な、そして最も自由闊達な作品なのです(3)。

神様は人間を御自身に似せてお作りになったと、自ら世界創造のときに語っておられます(4)。

これまでどこかの工匠が、人間の頭ほどかほど精巧かつ豊かな作品を、かほど手のこんだ小さな球形(5)をこしらえたことがあるでしょうか。その頭の中には、ただ神様のみにふさわしい価値の見事な能力が蓄えられているのです。また眼球の中には、視覚という最も確実なる道具が、ちょうど鏡のように（または、眼鏡のように）(6)見事なる技術をもってとりつけられており、それは明るい天の果てまで届くのです。耳には遠くまで効力をもつ聴力があり、そこには薄い一枚の膜がぴったりと完璧に貼られていて、さまざまな甘美な音を調べ、聞きわけるのです。鼻には嗅覚があって二つの穴を通って出入りし、あらゆる楽しく喜ばしい香りをうっとりと享受できるよう、工夫をこらして巧みに拵《こしら》えてあります。これこそは魂の滋養であります。また口には歯があって、あらゆる毎日の命を養う食物をすりつぶして胃袋に摂り入れてくれるのです。それに加えて舌という一枚の薄い葉状の器官が、人々の意見を他の人たちに完全に知らせてくれます。そこにはまた、味覚もあって、ありとあらゆる美味の楽しい吟味ができるのです。さらにまた、頭の中には心の深奥から発する思考があって、人間はそれを用いて即座にどんな遠くまでも意のままに到達することができます。人間は思考をもって神様の領域に達し、いやそれを超えてよじ登ることすらできます[7]。人間だけが理性という高貴な宝物を授けられているのです。ただ人間だけが、他ならぬ神様のみがお作りになることのできる唯一の愛らしき球形[8]なのです。その中にはかくも精巧な仕組みが、ありとあらゆる技術と名人芸とが、英知をもって組み込まれているのです。

死神殿、もうお止めください。あなたは人間の仇敵なのです。だから人間については悪いことしか言わないのです。

注

(1) このあたりは旧約「創世記」一―28、29の記述に基づく。

(2) **天使や悪魔……**――堕天使である悪魔はともあれ、天使までもが森の妖精コボルトや死の告知者であるフクロウと同類とされるのは一見いぶかしいが、しかし天使も神の被造物であることは間違いない。

(3) **最も自由闊達な**——天使や悪魔などは神の意志を忠実に守らなければならないのに対し、人間には自由意志が与えられているという考え方。

(4) **世界創造のときに**——旧約「創世記」一—26。

(5) **小さな球形**——人間の頭部のことだが、球形には「完全体」というイメージがある。このあたりの記述は、当時よく読まれた教父ラクタンティウス(Lactantius)の著作の影響が強いと指摘されている。

(6) **鏡のように**——中世末期には眼鏡も出現していたから、「眼鏡のように」も可能。

(7) **神様の領域に**——第十八章で取りあげられているのと同じく古典古代的哲学上でのもの。後の三十四章で扱われるキリスト教的神概念ではないだろう。

(8) **球形**——注(5)と同じ。やはり人間の頭部のことを指している。

第二十六章　死神

内容　死神はいかなる雄弁多弁という言葉の力も自分には打ち勝てないと断言し、にもかかわらず次に辛辣かつ華麗極まりない弁舌をもって、あらゆる人間の高度な学問、あるいは技術、あるいは呪術、それらも自分に刃向うことはできないことを猛烈なスピードで説きたてる。この時代の学問・技術・呪術全般の総カタログのような趣がある。修辞学、倫理学、また法律家に対する死神の皮肉な口ぶりが面白い。ただし、学問の中に神学が含まれていないのが気になるところである。

叱責や罵り、また懇願だけでは、それがどんなに多量であっても、小袋ひとつ満たせはせぬのだ。さらに言えば、多弁の人と言葉で争っても意味はなし。

人間にはありとあらゆる能力、上品なる美徳と品位、尊厳がみなぎっているというお前の意見はまず良いとしよう。だがそれにもかかわらず、人間は我輩の網の中に落ち、我輩の網の目にからめとられなければならぬのである。

あらゆる良き弁舌の土台であるところの文法とて[1]、いかに鋭く、いかに磨きあげた言葉を備えておろうとも、何の役にも立ちはせぬ。また美辞麗句の華々しい基盤たる修辞学とて、その美々しく多彩に色どられた弁舌をもってしても、何の役にも立ちはせぬ。また真実と非真実についての洞察力に富む女裁定者[2]である倫理学とて、彼女の巧妙に隠し持った論争粉砕の秘技や、真理をねじまげ曲解する特技をもってしても、何の役にも立ちはせぬ。また大地の女調査官であり、女査定士、女測量士でもある幾何学とて、彼女の過《あやま》つことのない測量の術、正しき計測の技術をもってしても、何の役にも立ちはせぬ。また数学の卓越した女管理人である算術も、彼女の計算力、卓越した数の術(3)をもってしても、何の役にも立ちはせぬ。また星辰の女師匠たる天文学も、彼女の星辰への支配力(4)、惑星への影響力をもってしても、何の役にも立ちはせぬ。また歌唱と声調に秩序をもたらす女支援者たる音楽も、彼女の甘美なる響き、繊美なる声音をもってしても、何の役にも立ちはせぬ。

さてまた、知識の田畑たる哲学も(5)、そこにおいて神および自然(6)の認識の中で良き徳性の成就を目指して耕され、種蒔かれ、ついにはそこに作物が完熟するに至るのであるが——あるいはさまざまの人助けとなる飲み薬を持っている医薬学も、金属を不思議な具合に変容させる錬金術も、あるいは土砂卜占術、これは土の上に惑星と天環のしるしを置き並べることによってあらゆる問いに俊敏に答えることのできる女占い師なのだが、彼女とても、あるいはまた、火の中から素早く信ずるに足る占いを発見する女である火占い術も、あるいはまた、天上界の事象で地球の運行を占う女である占星術も、はたまた手および手の平の輪形の線から占うお上品な占い女たる手相術も、はたまた死者への供物と指輪と印章（指輪）[7]とをもって亡霊どもを強力に打ちひしぐ女である降霊術も、はたまた華やかな祈禱や力強いお祓いをもってする呪術も、はたまた鳥の言葉の理解者にして、そこから未来の出来事を確実に予言する鳥占者も、はたまた祭壇に捧げられた犠牲獣のはらわたを焼く煙で未来を予知する腸占師も、はたまた子供のはらわたを用いる小児（はらわた）占い術も、雷鳥のはらわたを使う女魔法使いである鳥腸占い術も、はたまた、不誠実なるキリスト教徒たる法律家[8]も、いかに正義や不正義の弁護に長じ、

遍在する死　〔上部独語　8行本　死の舞踏」（15世紀末）から〕

あれこれ判決をねじまげる術にたけていても、何の役にも立たぬのだ。あれやこれや、上に述べた類のもろもろの術はまったく何の役にも立ちはしないのだ。人間は誰でも我輩によってひっくり返され、我輩の縮絨《しゅくじゅう》桶《おけ》の中で（フェルト状に）搗き固められ、(9) 我輩の金属用回転樽の中で磨かれねばならぬのであるぞ。ゆめゆめ疑うことなかれ、田吾作よ。

注

(1) **文法とて**――ここから死神はいわゆる自由七科目の無益さを述べはじめる。自由七科目は文法、修辞、論理、幾何、算術、天文、音楽。

(2) **女裁定者たる**――以下、学問や技術、呪術の名称が女性名詞の場合、擬人化されている。

(3) **数の術**――「数」ziffer はこの頃フランス語 cifre（元来は「零」、この時代には「アラビア数字」の意）から取り入れられたばかりの新語。アラビア数字（正しくはインド数字と言うべき）がヨーロッパで普及するのは

十三、十四世紀頃、紙の発展とともに筆算が普及してから（それ以前はそろばんによる計算が普通）。

(4) **星辰への支配力**——「星辰による支配力」とも解釈可能。次の「惑星への」も同じ。

(5) **知識の田畑たる**——「精神の耕作地 cultura が哲学である」というセネカの言葉に見られるように古典古代以来の表現である。「文化」が西欧諸言語でラテン語 cultura「耕作、田畑」由来の言葉で表わされるのもここから。この箇所以降の学術や魔術に類する技芸は当時の職匠歌でポピュラーだったもの。

(6) **神および…**——テキストの異なりが多い箇所で多様な解釈が可能。

(7) **死者への供物と…**——多様な解釈が可能。

(8) **不誠実なる…法律家**——中世末期の言い回し。Juristen-Christen という語呂合わせに法律家という新職業へのアイロニーを含ませた。

(9) **…搗き固められ**——注(5)で触れたように、この当時の職匠歌によく出る表現。次の金属用回転樽も同じ。

第二十七章　原告（農夫）

内容　前章の死神の猛烈な多弁にやや押され気味の農夫は、まず自分の忍耐強さを強調した上で、死神非難から一転して、実際的能力をたくさん持つ死神に現実的助言を求める。どうも農夫には再婚願望が強いようで、これまでの彼の熱烈な亡妻執着の言辞を知る者には少々いぶかしいが、当時の中産市民階級のこのようなケースにおける実態を示しているのだろう。新しい「ベッドの伴侶を授けたまえ」とぬけぬけと願う農夫には、当惑させられる。

悪に悪で報いるべからず。人間誰も忍耐強くあるべし――こう徳の教えは命じています。私もこの教えの小径を辿ろうと思います。もしかするとあなたも一時の短気の後で忍耐強くなられるかもしれませんので。

あなたのお話を聞いて分かったところでは、あなたはまことに誠実に私に助言しているおつもりなのですね。もしもあなたに誠実さがあるのでしたら、厳粛な誓約の場におけるごときその誠実さをもって、どうぞ私に以下について助言を賜りますよう。私は今後どのような人生設計を目指したらよろしいのでしょうか。以前私は幸福で楽しい結婚生活を営んでおりました。さて今や私はどんな方向に向かうべきでしょうか。世俗的方向に、あるいは霊的・宗教的方向に? 私はどちらにも行けます。私はあらゆる人々の生き方について思いを馳せ、入念に評価し、推理してみました。するとそのどれもが不完全で腐敗し、相当罪深いものであると分かったのです。どちらの方向に進むべきか、私は迷っております。人間のやることは何でも欠点だらけです。

死神殿、どうか助言を下さい！　私には助言が是非とも必要です。私は心中を省みて、本当にこう思い、こう確信いたしております。結婚生活、これほど清潔で神様の御心にかなう家庭と人生はありますまいと[1]。私はわが魂にかけて[2]こう申します。もし次の結婚生活においても以前のようにうまく行くと知ることができれば、私の命の続く限りはまたそんな結婚生活をして生きていきたいものだと。しっかりとした妻を持った男は、たとえどこに（家をあけて）出かけねばならないとしても、幸福いっぱい、楽しく嬉しく、心やすらかでいられるものです。そんな男は誰でも喜んでせっせと家族のために働きます。それだけでなく、名誉には名誉で、誠実さには誠実さで、善には善で報いることも喜んでやるでしょう。彼女を守ってやる必要はありません。なぜなら立派な妻がみずから行なう防御が最善の防御なのですから。[3] 自分の妻を信じ頼むことのできない夫は、絶えず心配のうちにいなければなりません。

天上界の主よ、多くの居室を所有する王侯たる御方よ、[4] あなたがそのように清らかなベッドの伴侶を授けてくださる男には幸いあれ！ 彼は毎日天を仰ぎ、両手を高く差し上げてあなた様に感謝を捧げるでありましょう。

死神殿、多くの力をお持ちの殿様よ、どうか私にあなたのできる最善のことをなしとげてくださいますように！

注

(1) これほど清潔で……――テキスト多種あり。ここで訳したもの以外に、「結婚生活ほど魂において清潔かつ神的な家庭と人生はありません」と解せるものもある（ユングブルート）。

(2) わが魂にかけて……――テキスト異文多し。この訳文は前の訳注で触れた解釈の中、「魂において」を取り込んだもの。

(3) 立派な妻が……――「自分で行う防御が最善の防御」というのは当時広まっていた諺。

(4) 天上界の主よ、多くの居室を所有する……――新約「ヨハネ」十四―2、「私の父の家には住む所がたくさんある」を踏まえており、第三十三章のタイトルにも用いられている。この「天上界の主」は神のことであり、死神のことではない。したがってこの一節は死神との対話をいったん打ち切って、神に向かい、その後最後になってまた死神に向き直る。神には du を、死神には ir を用いて区別している。

第二十八章　死神

内容　死神は辛辣な口調で結婚生活の無意味さを、もっぱら男性の視点から述べる。結婚した女性がいかに人間的に劣等かつ悪辣であるかが、厖大な具体例をもって数え上げられ、ここでも悪罵のカタログとなっている。後半では性的なテーマにも話が及び、老人としての死神のユーモラスな口ぶりが面白い。

なおこの章には多様なテキストがあり、本翻訳は一つの試みである。

何をするにつけても、際限もなく誉めちぎり、また果てもなく侮辱する人々がおるものよ。賞讃にせよ罵倒にせよ、そのどちらかをやろうと思うなら、配慮と節度がなければならぬぞ。

お前は結婚生活を度を超えて讃美しておるのだ。我輩はお前に結婚生活というものについて、それがどんなに清らかな女が相手であろうとも だ、少しく語ってやろう。ある男がある女を娶るとする――たちまち二人とも我輩の牢獄に入ることになるのだぞ(1)。その男にはたちまち結婚という手鎖がかけられ、足手まといがまつわりつき、手で引っぱらなければならぬ厄介な橇が、くびきが、胸がいが、重荷が、大荷物が、煉獄の悪魔が、毎日毎日の銹《さび》取りやすり(の如く神経をさいなむもの)が、彼には取りつくのだ。それらから合法的に自由になりたかったら、我輩の恩寵が与えられるのを待つしかないというわけだ。妻帯した男にとっては、連日連夜家の中で雷が鳴り、あられが降り注ぎ、そして狐や蛇も同居することになるのである。また妻というものは、連日連夜自分が夫になろうとねらっておるのであるぞ。亭主が引っ張り上げるものは、女房は引っ張り下ろす。彼がこれを望むと、彼女はあれを望む。彼がこっちに行こうとすると、彼女はあっちへ行く。男はそんなゲームに倦み果てて、連日連夜敗北を重ねる。女は一瞬のうちに、だまし、たぶらかし、おだて、猫のようにゴロゴロとのどを鳴らし、優しい口をきき、ブツブツ文句を言い、笑い、そして泣く——このすべてをやってのけられるのだ。女はそう生まれついておるのだわい。働くことには体調不良と言い、遊びとなったら元気いっぱい、あれやこれやと必要に応じておとなしくも粗暴にもなりうる。反論を述べたてるのに女は助言者など要しない。命じられたことはやらず、禁じられたことはやってのけることに、女はいつでも血道をあげる。こっちは甘すぎ、あっちは酸っぱい、こっちは多すぎ、あっちは少なすぎ、今は早すぎ、後では遅すぎ——という具合に万事に不平たらたらなのだ。もし彼女が何かを誉めるとしたら、それは告解の席であったとしても、必ず非難の言葉とともに轆轤《ろくろ》の上で絶妙にひねくりまわされなければならぬのである。そんな場に至っても、彼女の誉め言葉はたいてい嘲罵と混ぜ合わせられるのであるぞ。

結婚している男は、ほどよい中庸によって身を支えることはできぬ。ある時は善良すぎ、またある時は冷酷過ぎると言われ——そのどちらの場合にも彼にはさまざまな非難攻撃が加えられることになる。たとえその善良さと冷酷さが半分ほどだったとしても、彼に対しては中間というものは存在しない。常に迫害されるか、攻撃されるかのどちらかとなる。毎日毎日のこと新しき要求か、はたまた大声の叱責、毎週毎週のとっぴょうしもない金の請求か(2)、はたまたふくれっ面、毎月毎月の新しく起きる嫌な汚物(3)と不機嫌さ、毎年毎年の新しい衣服と、日常茶飯の口争い——妻帯した男はこれらにいつでもどこでも耐えねばならぬ。夜な夜なの不満足(4)については一切忘れておくことにしよう。高齢の我輩、口にするのもきまりが悪いわい。
まともな女たちもいるからこの辺でやめることにするが、まともでない連中についてなら我輩はまだいくらでも歌い語って聞かせることができるのだ。どうだ、お前がしきりに讃美するものが何であるか分かったか。お前は黄金と鉛の区別がつかぬのだぞ。

注

(1) **我輩の牢獄に……**――このあたり新約「コリント信徒への手紙二」の七章「結婚について」で述べられる、死まで結婚を守るようにというパウロの主張に基づいている。数行後の「合法的に自由になりたかったから」も同じ。第十三章の注(3)参照。

(2) **金の請求か**――aufsatzung は「反抗的態度」とも解せるが、中高独語ûfsetzunge「(税金など)課すこと」などから、「金の請求」と考えてみた。

(3) **毎月毎月の新しく起きるいやな汚物**――毎月の生理のこと。

(4) **夜な夜なの不満足**――性的不満足のこと。

第二十九章　原告（農夫）

内容　農夫は女性讃美論で死神に反抗する。はじめは結婚生活における妻の讃美であるが、後には中世的な貴婦人奉仕が中心となる。しかし最後には女性讃美に自ら多少の留保条件を付していて、死神の徹底的な悪妻論に比べれば少々妥協的、現実的な態度をとる。

婦人を貶める者は、自分自身が貶められなければならない、と真理の師匠たちは言っておられます。(1)死神殿、そうしたらあなたの場合はどうなりますか。あなたの理屈に合わない婦人侮辱は、たとえ婦人方に「失礼ながら」などと口では言いながらも、本当にあなた自身を侮辱するものであり、婦人にとっても屈辱的なものであります。

数多《あまた》の賢者の書にも、妻の支えがなければ誰も幸福には恵まれないと書いてあります。なぜなら、妻子があることは、現世の至福のうちの最小部分などではないからです。こういった真理をもって聖賢たる女人「哲学」は、かの慰めのローマ哲人ボエティウスを安息の床に就かせたのであります。ありとあらゆる傑出した理性的な男性は、私のために次のことの証人となってくれます。すなわち男性の教育は女性の教育によって指導されないかぎり、成立しえないということです。誰が何と言いましょうとも、たしなみをわきまえ、美しく、貞節ですべての名誉に関していささかも揺らぐことのないそんな婦人は、この世におけるいかなる目の楽しみにもまさるものです。私はこれまで、婦人の慰めによって支えら

(2) (3)

れることなしに、真に雄々しい勇気を得ることができた男性は一人も知りません。良き人々の集まる所では、これを毎日の如く見ることができます。いずこの広場でも、宮廷でも、馬上試合でも、出征の場でも、婦人はいつも最善の働きをするのです。貴婦人奉仕[4]を行なう者は、あらゆる悪行から免れていなければなりません。正しい作法と栄誉とが気高い女性たちの学校で教えられるのです。彼女たちは現世の喜びの支配者です。[5]この世のあらゆる雅《みやび》と楽しみは彼女たちを讃えるために生じるのですが、そうさせるのも彼女たちのわざなのです。清らかな婦人が指でもってちょっと脅せば、どんな大の男もいかなる武器にも勝って罰せられ、懲らしめられてしまうのです。

言葉を飾らず簡潔に申せば、この全世界を支え、強い国にし、繁栄増大させるのは高貴な女性たちなのです。

もちろん黄金の隣には鉛が、小麦の隣には毒麦[6]が、あらゆる硬貨の隣

農夫と死神。産婦祝別式（2）
〔「死神裁判」写本Ｐ（1470年頃）から〕

には贋金が、そして女性の隣には似非女性が必ず控えているものです。しかしながら、だからといって正しい者たちが悪者たちの償いをすべきということにはなりません。このことはどうか信じてください。喧嘩口論[7]の御大将さまよ。

注

(1) **真理の師匠たち**——例えば旧約「シラ書」(二十八—15)の「陰口は貞節な妻さえ離婚に追い込み……」に代表される陰口の戒めなどに基づいているらしい。

(2) **「失礼ながら」……と言いながらも**——第二十四章の二節目を参照。

(3) **安息の床に**——「慰めのローマ哲人」は、東ゴートのテオドリック王朝下の哲人宰相ボエティウスが処刑を待つ獄中で書いた著作『哲学の慰め』を意味する。女神としての哲学が現世の執着を絶って最高善なる神に至る道を教えるというもの。この箇所は直訳すれば「ボエティウスを横たえた」となり、理解しづらいが、おそらく「死の床に就かせた」という意味であろう。従来は「なだめた、落ち着かせた」と解釈されてきたが、hinlegen にそのような意味は確認されていない。

(4) **貴婦人奉仕**――中世宮廷世界における貴婦人（多くは主君の夫人）に対する騎士の恋愛的奉仕。

(5) **喜びの支配者です**――frauwe（貴婦人）と freude（喜び）は同語源であるという当時の考え方がこの部分に影響しているかもしれない。

(6) **毒麦**――麦に似た雑草のこと。この箇所は新約「マタイ」十三―25「毒麦のたとえ」を踏まえている。

(7) 喧嘩口論の――kriege, berge, brige 等種々のテキストがあるが、ここでは kriege を採った。

第三十章　死神

内容　死神はあらゆる現世的欲望のむなしさを多くの比喩と、三分肢法による歯切れよい口調を用いて説きたてる。基本思想は当時、広く知られた教皇イノケンティウス三世の「悲惨さについて」や、その根底にある旧約「伝道の書（コヘトレの言葉）」などを踏まえていて、厭世的色彩が濃い。後半では歴史上有名な人物の死を数え上げ（ほとんど各種の死にざまのカタログに近い）、自分の絶対的権力を強調する。

道化師は拍子木[1]を金の延べ棒と、骨のかけらをトパーズと、小石をルビーと見なし、馬鹿者は干し草の山をお城と、ドナウ川を海と、ノスリ[2]を鷹と呼んでおる。お前も同じようにただ目の楽しみ[3]を賞讃するだけで、その根元については思い量っておらぬのだ。

なぜかというとお前は、この世にあるすべてが実は肉の欲か目の欲、はたまた生活のおごりであるということを知らぬのだからな。

肉の欲は快楽へ、目の欲は財産所有へ、生活のおごりは名誉へと傾いていくものだ。そして財産は欲望と吝嗇をもたらし、快楽は好色と不貞を作り出し、名誉はおごりと功名心をもたらす。財産からは傲慢と不安が、快楽からは邪念と罪が、名誉からは虚栄と大言壮語が常に必ず生じなければならない。

もしお前にこれが分かるなら、全世界が虚栄・虚無であるのに気づくだろう。そうすればその後にお前に喜びや苦しみが生じても、お前はそれを穏やかに甘受し、我輩を非難攻撃することもないだろう。

しかしロバが竪琴を弾けないのと同じように(4)、お前も真実を判別できないのだから、我輩も実に困惑いたしておるのだ。我輩がかつて、まるで一心同体のような恋人であった青年ピュラムスと乙女ティスベを引き離したときも(5)、アレキサンドロス大王から全世界の支配を取り上げたときも、はたまたトロヤのパリスとギリシャのヘレナ(6)を滅ぼしたときも、今お前がしているようなひどい非難は浴びなかったぞ。またカール大帝や辺境伯ヴィレハルム(7)、ベルンのディートリヒ(8)、強力のボッペ(9)、不死身のザイフェルト(10)についても我輩はこれほど苦しめられたことはなかったわい。アリストテレスやアヴィケンナ(11)の死は今日なお多くの人が嘆いておるが、しかしながら我輩は別段それによって悩まされはしなかった。忍耐に富むダビデや、叡智の財宝櫃たるソロモンが死んだときも、我輩

皇帝や教皇、王侯たちの死神とのチェス（1490年頃の彩色銅版画）

は感謝されこそすれ、呪われなどしなかったぞ。[12]
かつて居た者たちは全員世を去っておる。お前も、また今居り、そして今後生じる者たち全員も、誰もがその後に続かねばならぬ。だが我輩死神はこの世に主君として留まるのであるぞ。

注

(1) **拍子木**——道化師が手に握って打ち鳴らす木製の打ちべら。
(2) **ノスリ**——野ネズミなどを捕食する鷹科の鳥。
(3) **目の楽しみ**——この部分および次節の「なぜかというと」以下は、おそらく新約「ヨハネの手紙一」二—16「すべて世にあるもの、肉の欲、目の欲、生活のおごりは、御父から出ないで世から出るからです」を踏まえている。
(4) **ロバが竪琴を弾けないのと同じように**——ボエティウス『哲学の慰め』（一—四）に「竪琴を聞くロバ」とあり、それ以来有名になった諺。
(5) **ピュラムスとティスベ**——オヴィディウスの『転身物語』に登場する悲恋の主人公たち。

(6) **パリスとヘレナ**——トロヤ王子と、彼に誘拐されて、それがトロヤ戦争の原因となったスパルタ王妃。

(7) **辺境伯ヴィレハルム**——十二世紀フランスの武勲詩や、後のドイツ叙事詩人ヴォルフラム・フォン・エッシェンバッハの『ヴィレハレム』で歌われたキリスト教的英雄騎士。

(8) **ベルンのディートリヒ**——東ゴート王テオドリック。ローマ帝国滅亡後イタリア全土の王となった。史的事実を越えて伝説的英雄となっていた。

(9) **強力のボッペ**——十三世紀の叙事詩『ビテロルフ』に言及される伝説的英雄だが詳細は不明。十三世紀末の職匠歌人という説も。

(10) **不死身のザイフェルト**——ゲルマンの英雄ジークフリートの中世末期における名称。龍退治の際に龍の血を浴びて全身の皮膚が角質化し、不死身となった。

(11) **アヴィケンナ**——著名なアラビアの医学者（九八〇—一〇三七）、アリストテレス注解者。トマス・アキナスやアルベルトゥス・マグナスなどによって高く評価された。

(12) **感謝されこそすれ**——ダビデもソロモンも愛欲の情に溺れたことを暗示するか？

第三十一章　原告（農夫）

内容　農夫の最後の反論である。死神の言辞の（農夫から見た）矛盾を三段論法を駆使して激しく衝き、死神の地獄行きを断言する。農夫は神の絶対的善を確信しており、また万物の永遠不滅性を古典古代の哲人を援用して力説することによって死神説の非を鳴らし、最終的に死神の処罰を神に請求する。

自分の言葉が自分自身に対して、とりわけ今はこう言っておきながらすぐ後には別なことを言うような男に対して、有罪判決を下すことは、よくあるものです。あなたは先ほどこう言われましたね。自分は何かでありながら無でもあり、精神ではなく、生命の終わりであり、地上の人間すべては自分の手に委ねられているのだと。ところが今はこう言われる。私たち人間は全員滅びなければならないが、あなた、死神殿はこの世で主君でありつづけるのだと。二種類の喰いちがう話は、どちらも真実のはずがありません。

もし私たちが全員生命から滅びへと行かねばならず、地上の生命はすべて終わりを持たねばならないのなら、そしてあなたも、あなたのお話のように生命の終わりであるというのなら、私にはこう思われるのです。生命が存在しないのだったら、死ぬということも死ということも生じないはずだと。そうしたら死神殿、あなたはいったいどこにおられるのですか。天国は善なる精神にのみ許されておりますのに、あなたはご自身おっしゃったように精神ではないのですから。そしてもしこの世で何もなさることがなく、またこの世も永続しないのだとしたら、あなたはたちまち地獄へ直行しなければなりますまい。そこであなたは果てしなく呻吟していなければなりません。そこであなたは生者からも死者からも復讐を受けるのです。あなたのクルクル変わるお話には、誰もついていけません。もしこの世の万物がそれほど邪悪な、悪辣な、そして役立たずなものとして作られているなどと言うのなら、それは神様に逆らう言辞であります。この世の開闢以来、神様という御方がそんな罪で咎められたなどということは一度もありません。神様はこれまでも徳を愛し、悪徳を憎み、罪を監視して正しく裁いてこられました。今後もそうなさってくださるのだと私は信じております。[1]

私は若い時から聖書奉読[2]を聞いて学んできました、神様が万物を良きものとして作られたことを。あなたは、この世のあらゆる生物には終わりが必ず来るのだとおっしゃいますね。けれどプラトンやその他の賢人たち[3]はこう言っております。すべての物事において一つの破壊は別のものの誕生であり、万物は永遠性[4]に基づいて構築されており、天空の運行、すなわちすべての惑星や地球の運行は一者から他者への変容の作用として[5]永遠であるのだと。

　誰ひとり信頼するはずのないそんな気まぐれなおしゃべりで脅かして、あなたは私の告訴をやめさせようというのですね。だからこそ私は死神殿、私を破滅させんとする者よ、あなたを引き出してわが救い主たる神様[6]に訴えをなしているのです。どうか峻烈なるアーメン[7]を神様があなたに下されますように！

注

(1) **罪を監視し**――「罪を許し」と解釈することも可。

(2) **聖書奉読**――復活祭直前の聖土曜日の徹夜祭における旧約「創世記」奉読のことであろう。

(3) **その他の賢人たち**――アリストテレス、セネカ、ボエティウスなど、この当時よく読まれた哲人たち。

(4) **永遠性**――このあたり異文多し。おそらく「永遠性」が最も妥当。あるいは「生成」「生起」とも?

(5) **変容の作用として**――テキストによっては「変容であり、永遠であるのだ」とも解釈できる。

(6) **わが救い主たる神様に**――「救い主」heilant は厳密にはキリストのことである。神とキリストの同一視は第三十四章にも見られる。

(7) **峻烈なるアーメンを**――alles ubel, Amen!「ひどい目に会わせてください、アーメン」というテキストもある。

第三十二章　死神

内容　死神の最終弁論。法廷論争的口調は冒頭と終結部だけで、本体の大部分はすでに死神によって十分に説かれてきた厭世的世界観の繰り返しである。しかし中間部において最近の人間活動による大規模な自然破壊、戦争や略奪による悲惨さなどを強く非難していて、近代のエコロジー思想や世界平和主義の先駆けを見る心地がする。死神は人間の未来について悲観的でありながら、なおかつ悪を避け、善を行うよう強く勧めており、ほとんど旧約「伝道の書」の最終部分「神を畏れ、その戒めを守れ」以下を代弁している如くである。

ひとたび話し出したら、遮られない限り止められない男がよくいるものだ。おまえにもそんな男と同じ極印が押されておる。我輩はこれまでこう語り続け、そして今も語っておる。もうこれで終わりにしようと思うのだが、つまり大地と、大地が保持する万物は無常性の上に築かれているということなのだ。近年に至って(1)この大地も悪しく変わってきておる。すべてが逆さまになってしまったからだ。後のものを前に、前のものを後に、下のものを上に、上のものを下へ、左のものを右へ、右のものは左へと、圧倒的大勢の者どもが引っくり返してしまったのであるわい。

絶えず燃え続ける焔(2)の中にわしは全人類を蹴り込んでやったぞ(3)。もはやこの世においては善良で誠実にしていつも味方をしてくれる友を探すのは、光の影をつかもうとするのとほとんど同じようなはかなし事となってしまったのだ。すべての人間が善よりも悪に傾いてしまっておる。もし誰かが何か良きことをするとしても、それは我輩を恐れるからなのだ。万人が、そのあらゆる行為とともに、空虚さで満ち満ちてしまっておる。彼らの身体も、妻女も、子供も、財産も、はたまた能力も、すべては飛び去るのである。一瞬にして消え失せ、風が吹けば雲散霧消、影も形も残りはせぬぞ。よく心に銘記するがいい、吟味するがいい、しっかり見よ、観察せよ、今のこの地上で人間どもが何をやっておるのかをな。山も谷も、木の根も岩も、森も平野も、高地の牧場も荒野も、海の底も、地の底も、一向かまわず現世の富のために（4）掘り貫いておるのだ、雨だろうと、風だろうと、雷やら豪雨やら、はたまた雪など、ありとあらゆる悪天候をものともせずにな。竪坑、横坑、深い鉱道を大地に穿って大地の鉱脈を切断し、希少性の故に彼らが何よりも好む輝く鉱石を探し求めておる。[5] 森の樹木を切り倒し、衣服を織り、[6] 燕のように泥を塗って家を作り、植えたり接木したりして果樹園をこしらえ、地を耕し、ぶどう畑を作り上げ、水車を設置し、炉を焚き[7]……漁業、狩猟や牧畜の業を営み、家畜の大群を追い立て、下男下女をたくさん抱え、悠然と背の高い馬に乗り、金銀、宝石、豪華な衣服、そのほかあらゆる財産を家にも長持にもぎっしりと詰め込み、快楽と喜びとにいそしみ、昼も夜もそれらを狙い追いかけているわけだが——これらすべてはいったい何なのだ？　みんな虚妄であり、魂の損傷であり、もう過ぎ去った昨日という日の如き果無《はかな》し事ではないか。戦闘と略奪でもって人はこれらを手に入れるのだ。というのも、より多く持てる者は、より多く奪った者なのだからな。そして後に残せば闘争と紛糾のもとになるだけだ。

　ああ、死ぬ定めにある人類は常に不安の中に、悲しみの中に、苦しみの中に、心痛の中に、恐怖の中に、驚愕の中に、苦痛の中に、病気の中に、悲哀の中に、労苦の中に、愁いの中に、困窮の中に、悲惨の中に、その他さまざまの不快さの中(8)に身を置いているのであるぞ。そして現世の財産が多ければ多いほど、不快に出会うことも多いのだわい。それだけではない、何より最大の問題は、我輩がいつ、どこで、どのように不意に人間に襲いかかり、死すべき者としての道を行くように駆りたてるのか、人間には知ることができぬということだ。人間はこんな重い荷物を、主人と下僕やら、男女、貧富、善悪、老若なんぞの区別もなく背負わねばならぬのであるぞ。

　ああ、嘆かわしきものは汝、未来である。阿呆どもは汝を尊重するすべをまったく心得ておらぬのだ。連中はもう手遅れになってから急にまともになろうとする。こんなすべては、むなしさにむなしさを重ね、魂の重圧を増すのみである。だから農夫よ、もうお前は嘆くのをやめにせよ！　どんな地位や境遇に至ろうとも、そこには欠陥とむなしさしか見

黙示録の四騎士　〔H.ホルバイン画（1525年頃）〕

出せはしないのだ。

しかしながら、悪を避け、善を行うことだ。平和を求め、それを常に実行せよ。(9) あらゆる地上のものごとを乗りこえて、清らかで澄みきった心を愛せ。

これで我輩はお前に正しき助言を与えたわけであるからして、いよいよお前とともに永遠の御方、偉大な御方、強力な御方たる御神の前に出ることにいたそう。

注

(1) 近年に至って——万物が無常であるなら「近年に至って」とわざわざ言う必要もないだろう。このあたり作者の個人的感慨が盛り込まれているのかも。
(2) 焔——おそらく煉獄の焔のこと。

(3) **わしは全人類を……**――このあたりテキストが多種多様で正確な訳はおぼつかない。従来死神の自称は wir という尊大な複数形で「我輩」としてきたが、この箇所では突然 ich という単数形になっているので「わし」とした。

(4) **現世の富のために**――以下、エコロジー思想の先駆けのような文章が続く。

(5) **輝く鉱石を**――この時代のボヘミアでは大規模な銀鉱開発が行われていた。

(6) **衣服を織り**――このあたりテキストが混乱している。「壁を作って」と解すことも可能。

(7) **炉を焚き……**――テキストの乱れのため確実な訳はできない。他に「十分の一税と地代を課すために」などとする可能性もある。

(8) **さまざまの不快さの中に**――このあたりは第三十章と同じく当時広く読まれた法王イノケンティウス三世の「悲惨さについて」、またそこで言及されている旧約「伝道の書（コヘレトの言葉）」に基づいている。

(9) **悪を避け……**――旧約「詩篇」三十四―15のほぼ文字とおりの引用。

第三十三章　神の判決

内容　神はまずイソップ寓話で知られた冬と春の論争というモチーフを援用し、どの季節ですらも実は神の支配下にあり、同様に農夫と死神も神の被造物、神の家臣にすぎないと告げる。勝利が死神に帰することは当然であるが、悲しみが農夫の口を強め、それによって死神が真理を語らざるを得なくなったことを神は評価し、善戦した農夫には名誉という冠が与えられて裁判は終わる。

なお三十三という数はキリストの生涯の年数として聖数であり、神の判決が下る章にふさわしい。

多くの居室を有する王者(1)の御言葉、全能の神の判決

春と夏、秋と冬、一年一年の蘇生者にして執行者たるこの四季が、仲たがいして大論争を始めたことがある。(2) いずれもわが働きを誇り、われこそ最善の働き手なりと言い張った。春が言うには、われこそすべての実りに生命と喜びを与える者ぞと。夏が言うには、われこそすべての実りを成熟させる者なりと。秋が言うには、われこそあらゆる実りを納屋に、そして家の内に、地下蔵にと導き入れる者なりと。冬が言うには、われこそあらゆる実りを食べ尽くし、利用し尽くし、そしてすべての害虫を駆除する者なりと。彼らはおのおの鼻たかだか、はげしく言い争ったものだ。ところがこの者ども、それぞれの自慢の権力が、実は神から与えられたものなることを、とんと忘れていたのである。

汝ら二人とも同様である。原告は自分が失ったものを、自分の相続財

産のように訴えておるが、それが実は余から授けられたものとは念頭にもない。また死神は、自分の強大なる支配権を誇っておるが、それはもっぱら封土として余が授けたものにすぎぬ。原告は我物でもないものを求めて告訴をし、被告はまた自らの働きで得たわけでもなき権力に慢心しておる。さはあれ、この論争、まったく無意味なるものにはあらず。汝ら双方よくたたかった。悲しみが原告に訴えることを強いたのであり、原告の攻撃が被告に真理を語ることを強いたのである。故に、原告は名誉を得よ！　死神は勝利を得よ！　人間はすべて、死神に生命を、大地に肉体を、そして魂を余に渡す義務を負うているのであるから。

神の前の農夫と死神　〔「死神裁判」写本P（1470年頃）から〕

注

(1) **多くの居室を有する王者**――この章題名は異文も多く、また諸本の多くにはない。「居室を有する」は von vil selden の訳で、第二十七章にも同文がある。同章の注(4)を参照。中高ドイツ語の sælde と考えて「多くの恵みを有する」と解すこともできよう。神の初登場をことさらにこの章題目で表現しようとしたもの。

(2) **春と夏、秋と冬**――季節同士の仲たがいの話はイソップ寓話で有名だが、イソップでは冬と春だけである。

第三十四章　農夫の祈り

内容　三十四という数も（三十三と並んで）キリストの生涯と見なされる聖数である。諦念に達した農夫の、妻の魂の至福を願う長大な祈りであるが、伝統的連禱形式を採り、一〇〇度に及ぶありとあらゆる名称を駆使しての神への呼びかけが大部分を占め、いわば作者の修辞学能力の見せ所の観がある。しかし最終部の、妻の魂の至福を祈る箇所は真摯であり、農夫すなわち作者の敬虔な（伝統的？）信仰心を物語る。最後の一文のみが被造物仲間への呼びかけであり、その他の全文は神への祈願である。またここにおいて作者は農夫の名前をアクロスティック

（日本文芸で言う折句）を用いてヨハネスと示していることも重要である。すなわち各段落の冒頭の文字を辿るとJohannesとなる。

この章の大きな部分は、文人宰相であるヨハネス・フォン・ノイマルクトが皇帝カール四世のためにイタリア語から翻訳した『神との親しき語らいの書』という偽アウグスチヌス書からの引用ないしパラフレーズで成り立っている。ただし作者と文人宰相との関係については具体的な証明は何もない。三十三章までとはいささか異なった雰囲気であり、大胆な論争を真摯な伝統的形式の祈りで完結させる意図があったかもしれない。

ここにおいて農夫は妻の魂のための祈りを捧げる。(1) 赤い大文字が原告の名を示している。(2) 本章は祈禱の形式をとっており、そしてすなわち第三十四章である。

常に目覚めておられる全世界の見張人よ、神々中の御神、主よ、あらゆる主君の驚嘆すべき主君よ、あらゆる霊の中の全能の霊、あらゆる王侯国中の王侯、あらゆる善が流れ出る泉、あらゆる聖者の中の聖者、王冠を授ける者にして王冠そのもの、報いを与える者にして報いそのもの、皇帝推挙の全権力がその侯国の内にある皇帝推挙侯(3)よ、あなたの臣下となる許しを得る者は幸いであります。天使たちの喜びと至福なる御方、あらゆる至高の形象の印章、(4) 白髪の老人(5)にしてかつ若者でもある御方よ、どうぞ私の祈りをお聞き入れください。

おお、他の光を受けつけぬ光よ、あらゆる外部の光を曇らせ、目くらませる光よ。あらゆる他の輝きがその前では消えてしまう輝きよ、それと比べたらあらゆる光は暗闇となってしまう輝きよ、その前ではすべての輝きが影となり、すべての影が明るくなる輝きよ[6]、天地開闢の時に「光あれ！」と言った光よ、消えることなく永遠に燃え続ける火よ[7]、始めであり終わりでもある御方よ[8]、どうぞ私の祈りを聞き入れてください。

あらゆる救いと至福を凌駕する救いと至福よ、永遠の生命へ達する無謬の道よ、それを除いてはより良きものはあり得ぬ最善のものよ、万物がそのために生きている生命よ[9]、あらゆる真の真実をも超えた真実よ、あらゆる叡智を包括する叡智よ、あらゆる力の管理者よ、正義の手と不義の手双方の監視者よ、あらゆる疾患の癒し手よ、あらゆる力において全能である御方よ[10]、あらゆる善が、ちょうど蜜蜂が王様蜂[11]にするように、そこに身を寄せ取りすがる拠りどころである御方よ、万物の原因である御方よ、どうぞ私の祈りを聞き入れてください。

あらゆる病気をなおす医師よ、あらゆる師匠の師匠よ、あらゆる被造物の唯一の父よ、いかなる時にもいかなる場所にも現前する観察者よ、母胎から地底の墓穴までの自在なる随伴者よ[12]、あらゆる形態の創造者よ、あらゆる良き業の基盤よ、あらゆる清浄の愛好者にしてあらゆる不浄の嫌悪者よ、あらゆる善行の報い手、唯一の正しき裁き手、その御方の創始から万物が永遠に逸脱することのかなわない唯一者よ[13]、古き真理よ、どうぞ私の祈りをお聞き入れください。

あらゆる不安における救難者よ、誰も解くことのできない堅い結び目[14]よ、あらゆる完全性を支配している完全なる存在よ、隠されていて誰も知らぬ事柄の本当の識弁者よ、永遠の喜びの寄贈者よ、はかなくむなしい地上の歓喜の破壊者よ、あらゆる良き人々の家主であり、奉公人であり、同居人である御方よ[15]、どんな獣の足跡も見逃すことのない猟人よ、あらゆる思惟感覚の精巧なる注出口[16]（または注ぎ口）よ、あらゆる円周の形を正確に維持する中心点よ、あなたに呼びかける万人の声を恵み深く聞き入れてくださる御方よ、どうか私の祈りを聞き入れてください。

あなたを必要とする万人の近くにおられ、輔佐してくださる御方よ、あなたを頼む万人の憂いを転じてくださる御方よ。飢えている者たちを再び満たしてくださる御方よ。乏しき者たちを飲食によって元気づけてくださる御方よ、最高王威の印璽[17]たる御方よ、天の和声[18]の決定者たる御方よ、人間のあらゆる思いの唯一の理解者たる御方よ、人間のあらゆる顔を異なって造りあげる御方よ、あらゆる惑星の中で支配権を持つ惑星[19]よ、全天体に完全な影響を及ぼす御方よ、天の宮廷における強力にして喜ばしき総執事たる御方よ、あらゆる天の秩序がその永遠の枢軸から逸脱せぬよう働く強制力である御方よ、明るい太陽よ、どうか私の祈りを聞き入れてください。

永遠のランプよ、永遠の常明燈よ、正しく帆走する故にそのコッゲ船[20]

が沈没することは決してない船乗りよ、その旗の下では誰も敗北することがない旗手である御方よ、地獄の設立者よ、地球[21]の創設者よ、海の流れを定める者[22]よ、不安定な空気を掻き混ぜる御方よ、火の熱に力を与える御方よ、あらゆる元素の創造者よ、雷鳴や雷光、霧や驟雨、雪や雨、虹やベト病[23]、風や霜、これらすべてを総合的に働かせる鍛冶場の唯一のマイスターよ、あらゆる天の軍勢の力強き将軍よ、いかなる願いも拒否しない皇帝[24]よ、最も柔和にして最も強大、最も慈悲深い創造主よ、私をあわれみ、私の祈りを聞き入れてください。

　あらゆる財宝がそこから芽生え出る財宝よ、あらゆる清らかな流れがそこから流れ出る源泉よ、その人に従えば誰も道に迷うことのない指導者よ、有から無を、無から有を自在に作り出すことのできる唯一人の工人よ、あらゆるひとときの存在物の、あらゆる暫時の存在物の、あらゆる恒常的存在物の真に強力なる蘇らせ人よ、維持者であり、同時に破壊者でもある御方よ、あなたが御自身においてそうであるその本質を誰ひとり説き明かしも、計測も、推定もできないのです。あらゆる善を越えた全き善である御方よ！

最高に尊き永遠の主イエス[25]よ、私の最愛の妻の霊をお慈悲深く、彼女の魂をお情け深く迎え入れてください。彼女に永遠の憩いを、主よ、お与えください。あなたのお恵みの甘露をもって彼女を元気づけ、あなたの翼の影の下に彼女をお護りください。主よ、最も小さき者にも最も大きな者にも与えられるあなたの完全なる充足の中に、どうぞ彼女をお導き入れください。主よ、彼女をその出自の地[26]から救い取り、あなたの王国に永遠の霊たち[27]とともに住まわせてください。

かけがえのないわが妻マルガレータを失って私は悲嘆に暮れております。慈悲深き主よ、あなたの全能にして永遠なる神性の鏡[28]の中において、そしてすべての天使の合唱隊が明るく映し出されているそこにおいて、彼女が永遠に自分の姿を見出し、眺め、そして喜ぶことができますよう、どうぞお恵みを賜りますように。

永遠なる旗手のみ旗の下に結集するあらゆる被造物よ、いかなる種属であるかを問わず、私が心の底から浄らかに、深い帰依の心をこめてこう唱えるのに力を貸したまえ。アーメン！

注

(1) **ここにおいて……**——この表題はほぼA本およびH本による。他に異文もあり、またまったく表題をもたない諸本もある。

(2) **赤い大文字が……**——以下の祈禱文の各節の行頭大文字がいわゆる「折句」（人や物の名を句のおのおのの頭文字に一つずつ順に置いて読み入れる）、またはアクロスティック(Akrostichon)となっていて、JOHANNES MA「修士ヨハネス」の名を表わしていること。MAは「マルガレータ」の可能性も。

(3) **皇帝推挙侯**——マインツとケルンの大司教と並んで最も有力な選帝侯であ

るボヘミア王のことが意識の中にあったか?

(4) **あらゆる至高の形象の印章**――旧約「雅歌」八―6、「私を刻みつけて下さい、あなたの心に印章として、あなたの腕に印章として」。「エゼキエル」二八―12、「主なる神はこう言われる、お前はあるべき姿を印章としたものであり、知恵に満ち、美しさの極みである」、などを踏まえている。「至高の形象」とは三位一体という形象のことか?「印章」は封蠟に押される刻印のこと。H本ではeindrucker「印章を押す者」となっている。

(5) **白髪の老人にして**――聖書関連の出典は不明。むしろドイツ詩の伝統表現か。

(6) **すべての影が明るくなる…**――このあたりも異文が多い。おそらく「マタイ」四―16、「暗闇の中に座っていた民は偉大な光を見、死の地と死の影に座っていた人々に光が上がった」を踏まえている。

(7) **永遠に燃えつづける火よ**――十二世紀以降キリスト常在のシンボルとして礼拝堂に定着した「永遠の燈明」を指しているのだろう。

(8) **始めであり終わりでもある御方**――新約「ヨハネの黙示録」一―8、「私はアルファであり、オメガである」から。

(9) **そのために**――ある写本にはin dem「その中において」とある。

(10) 全能である御方――「使徒信条」中の「全能の神 Deus omnipotens」から。

(11) 王様蜂――原文 weisel は「首領蜂」で男性名詞。女王蜂という認識は近代になって生まれた。

(12) 母胎から……随伴者――死者に同伴するのは普通は大天使ミカエルということになっている。

(13) その御方の創始から……――このあたりテキストが多様で不完全である。次の「古き真理よ」も同様。

(14) 堅い結び目――三位一体の堅い結合のシンボル。

(15) 家主であり……――おそらく三位一体のこと。

(16) あらゆる思惟感覚の……――精霊を人に注ぐ神、または善を人に注ぐマリアのイメージか?

(17) 最高王威の印璽――この頃ボヘミア宮廷は高度の封印印璽技術を発展させていた。

(18) 天の和声――自由七科最後のものである音楽のことか。

(19) 支配権を持つ惑星――中世の天文学では「惑星」とは自転する星のことだった。

(20) コッゲ船――中世末期、特に十三―十五世紀に主にハンザ貿易で活躍した木造帆船。カタツムリのような印象を与えるので、ラテン語の concha（カタツムリ）から。

(21) **地球の**——この時代、知識層ではすでに球形であることが認識されていた。

(22) **海の流れを定める者**——「定める者」の箇所は他に「せき止める者」「分ける者」等の可能性もある。次文の「混ぜる者」との対比を考えるべきかもしれない。

(23) **ベト病**——miltau（現代独 Meltau）。葉の表面に白粉を生じる植物病。しかしなぜこの箇所に出されているのか不明。

(24) **拒否しない皇帝**——他に「言葉で表しつくせない」や、「その方への臣従が拒否されることはない」等の解釈もある。

(25) **主イエスよ**——イエスの名が登場するのは全編中この一箇所のみ。臨終の祈り（commendatio animae）の形式を踏襲したもの。

(26) **出自の地**——現世、地上のこと。

(27) **永遠の霊たち**——天使たちのこと。

(28) **神性の鏡**——この当時の神秘主義において好まれた表現（マイスター・エックハルトなど）。

附章　献呈書簡(1)

内容　本章は作者が一四〇〇年八月に同郷の友人に献呈した本作品に添えられたラテン語の献呈辞である。一九三三年にフライブルク大学所蔵の一写本中に発見された。非常に不完全な筆写で、解読には大きな困難がともなう。興味深いことに作者は、死という重い題材を取り上げた点には軽く触れるだけで、むしろドイツ語という粗野な言語材を用いて、可能な限り修辞学の粋を極めた作品を完成させたことを控え目ながら誇っているように見える。この書簡自体が極めて多弁なラテン修辞学のサンプルとなっている（ただし粗雑で不完全な筆記を見るかぎり、晦渋な文体としか言いようがないのが不思議である)。
本作品の主目的が、ドイツ語修辞学の教科書を作ることにあったという説の有力な証拠となる書簡である。

……………

ユダヤ人画家宛ての細心なる手紙(2)
プラハ市民ペーター・ロータース氏(3)**への書簡、小さな新著「農夫」を添えて**

親しき友から親しき友へ、同胞から同胞へ、同志から同志へ、すなわちテプラ出身にして今はザーツ市民のヨハネスからテプラ出身にして今はプラハ市民のペーターへ、真情と友愛をこめて。
花の如き青春時代に私たちを結びつけた友愛の念は私に、貴君を想起しつつ、お慰めの気持ち(4)を貴君に伝えるよう促し、強いるのです。そして貴君はこのほど、私の修辞学的畑から――本格的収穫は私は怠けていて、ただ落穂を拾っているだけなのですが――何か新しいものを贈るようお望みでしたので、そこで先ほど、鍛冶場の金敷台でできたばかりの、ドイツ言葉を綴り合わせた粗野で田舎くさい代物を貴君にお贈りする次第です。

とはいえ私はその中で、いささか重い題材を敢えて取り上げ、死という不可避の運命に対する反論を設定しました。そしてそこに修辞学の諸エッセンスが表現されております。ときには長大なテーマが切り詰められ、ときには短いテーマが引き延ばされます。また同じ箇所において物事についての、ときにはまったく同じ物事についての賞讃と非難とが結び付けられることもあります。どこかに短く刈り込んだ文章が見られ、またどこかには宙ぶらりん（未完成）の文章があります。同じ呼称に多様な意味があり、また同じ意味に多様な呼称があることも。あるところでは句と節と文とが今風の配置で（流麗に）流れ、またあるところではそれらは一箇所にかたまって遊び、連続して反復を繰り返します。[5] 隠喩が奉仕し、原告の論告は攻撃され、打ち破られます。皮肉が笑います。単語と文の色どりが修辞的比喩と一体になって彼らの職務を果たしています。

さらにまた、この他の多くの、あるいはこの無教養の（または「ゴツゴツした」、または「頑丈な」）言語において可能であるようなすべてのと言ってもいい、荒削りな修辞学的な余計物がここにおいて活発に働いております。だから注意深い聞き手ならそれに気づくでありましょう。つまるところ私は、私の不毛の畑から生え出たラテン語の落穂（または「切り株」）でもって貴君（または「私たち」）を元気づけようと思うのです。

またついでながら、この贈り物を届けてくださる私の助力者にして弟子でもあるニコラウス・ヨリンニ氏を、[6] 私同様に御懇篤におもてなしくださるようお願い申し上げます。その他の点では状況は以前の如くで、またそうあり続けてほしいと思います。いくつかの点で改善がありましたが、それはそれで良いのです。
登録ずみ印章を附して、一四〇〇年[7]聖バルトロメーウスの日[8]の前夜に、本状作成。

注

(1) この書簡はフライブルク大学所蔵の一写本にのみ存在する。史家ハイリヒがフライブルク大学の写本 cod.163 中に一九三三年に発見。
(2) 従来解読されなかったこの表題によると、手紙の宛て先のペーター・ローターースはユダヤ人の画家ということになろう。
(3) **ローターース Rothers**――「ロートヒルシュ」Rothirsch と解する可能性も。
(4) **お慰めの気持ち**――ペーター・ローターースは一四〇五年一月十日に死去し

ているので、病気見舞いなどの事情が考えられる。

(5) **連続して**——解読困難な箇所。

(6) **ニコラウス・ヨリンニ氏**——一三五七年のザーツ市の記録にヨリンニ姓の人物がいて、その息子かと推測されているが、詳細は不明。

(7) **一四〇〇年……**——写本は anno 14 のみと、anno 1428 と二種あるが、作者は一四一五年に死去しているので、一四二八年はあり得ない。

(8) **聖バルトロメーウスの日**——八月二十四日。

解説

作者　本訳書では『死神裁判』としたこの作品は、一般には『ボヘミアの農夫』（Der Ackermann aus Böhmen）という名で知られている。第三章で農夫が「私は農夫と呼ばれておる者のひとり、私の犂は鳥の羽根でできており、そしてボヘミアの地に住んでおります」と語っているからである。つまりボヘミア在住の羽根ペンで紙や羊皮紙を耕す文筆の徒と名乗っているのであって、本当の農夫ではない。また時に誤解されるが、Ackermann は固有名詞ではない。

そして第三十四章、神への祈禱文の冒頭で作者は農夫の名前をアクロスティック（いわゆる「折句」。詩句の各行頭の文字で特定の言葉を表す技法）を用いてJOHANNES MA「修士ヨハネス」（またはヨハネスとマルガレータ）であると告げている。

そこで作者がボヘミア住のヨハネスという名の知識人であることは分かったが、それ以上のことは長いこと不明であった。ところが一九三三年、歴史家のハイリリヒがフライブルク大学図書館で一点のラテン語文献を発見、それがテプラ（独Tepl, チェコTepla）出身でザーツ（独Saaz, チェコŽatec）市民であるヨハネスが、同郷でプラハ市民となっている竹馬の友ペトゥルス・ローテルスに小さな自著「アッカーマン（すなわち「農夫」）」を贈る献呈文であることを証明して、ここにおいて作者についての研究が大きく進むことになった。ザーツやプラハの資料からヨハネスの父は西ボヘミアのシトボルの司祭であったこと、ヨハネスは一三五〇年ごろの生まれで、大学修了後遅くとも一三八三年にはザーツの公証人、同時に当地のラテン語学校長を兼ね、一四一一年にはプラハに移って市文書官となり、名声ある富裕な市民として一四一五年に死去したこと、残された妻の名はクララで、子供が五人いたこと、などが分かっている。作品の第十四章によれば、（最初の）妻マルガレータは一四〇〇年八月一日に亡くなったことになっているが、公文書にこの記録はない。

彼の経歴と修士学位から、一三四八年創立のプラハ大学で学んだ可能性が高いが、しかしパリやボローニャあたりで法学を学んだとする説もある。

ヨハネスの父ヘンスリンが司祭だったということは、ヨハネスやその兄弟が私生児だったか、あるいは父ヘンスリンはやもめとなってから聖職者となったかのどちらかだが、後にヨハネスのたどった堂々たる経歴からすれば、後者であるだろう。

彼の家系がドイツ系か、チェコ系かも分かっていない。この時代のボヘミアでは大貴族・上級聖職者、大商人などの支配層の多くはドイツ系で、ドイツ化が進行中であったから、家系のいかんにかかわらず、ヨハネスもほぼドイツ的文化の中で成長し、活動したのであろう。

この当時のプラハは皇帝兼ボヘミア国王カール四世以降、中欧における初期人文主義の一大中心地となっており、後世にボヘミアの黄金時代と称される繁栄を示していた。高位聖職者で宰相でもあったヨハネス・フォン・ノイマルクトという人物はペトラルカなどとも親交のあるこの時代最高の人文主義者で、多くの著作や翻訳によって初期新高ドイツ語の基礎を築いたとされる。『死神裁判』の作者も思想的・言語的にこの文人宰相の大きな影響のもとにあったことが立証されている（ただし門人だった証拠はない）。

作品　妻の死という事実があってこの論争書が書かれたのかどうか、

証明はこれまでのところなされていない。これに反し、作者はラテン語学校の校長でもある人文主義者であって、一種の修辞学教科書をまだ文化言語としては成熟していないドイツ語散文で書くという大胆な試みをしたのだという説は、作者自身が友人に宛てた「献呈書簡」にそう述べているのだから、ある程度は承認せざるを得ない（ちなみにこの当時修辞学は、自己の思想を華麗に飾るための必需的学問となっていた）。この「献呈書簡」は、多くの謙遜と卑下を含んでいる。「私の修辞学的畑から（中略）ドイツ言葉を綴り合わせた粗野で田舎くさい代物を」献呈するとへり下った口調で述べるが、同時に「とはいえ私はその中で、いささか重い題材を敢えて取り上げ、死という不可避の運命に対する反論を設定しました」とも述べる。ここに謙虚な口ぶりにもかかわらず、ドイツ語というその当時はまだ（ラテン語と比べて）非文化的言語とされている民衆語を用いて初めて哲学的・思想的大問題を処理し終えたという、一種の自負心がのぞいているのではなかろうか。そして、妻の死を嘆き悲しむ農夫の言葉は真実味にあふれており、具体的事例は分からないにせよ、農夫を分身とする作者が何らかのつらい死別を体験していることは疑いようもないだろう。作者は五十歳前後と考えられ、この時代では晩年と考えてよい。生老病死という四苦を実人生の上でも、思想上でも深刻に体験し、老熟した知識人としてこの永遠のテーマについての自分の思いを一書にまとめて世に問おうとしたのであろう。

このような問題は従来ならラテン語で論文あるいはエッセーとして書かれるべきものであろう。だが作者は敢えて「粗野で田舎くさい」ドイツ語を選び、しかも農夫と死神の活潑な口頭での論争という演劇的形式をとった。全文がセリフで成り立っているのである。ちなみに、この時代の文学は直接話法を好む傾向があり、その先駆をなすものと言ってよい。ラテン語に通じた一部の知識人を読者として想定したのではなく、一般市民層にも読まれることを意図していたにちがいない。専門的神学・哲学書というよりは、聖職者の司牧にとっての良き参考書、あるいは一般市民の教養的娯楽書、慰めの書として書かれたのではなかろうか。印刷術以前のこの時代、書物の普及は写本によるしかないのだが、この作品の写本は十六点もあり、すでにその当時広く読まれたことを示している。意外なことにそれらの写本はボヘミア以外のものである。数多くの写本が作られたであろうボヘミアでは、この作品成立の直後ころから激しくなったフスによる宗教改革をめぐる紛争の中で、大部分の写本が消滅したのであろう。

印刷術が普及した後の刊本は十七点にも達し、やはり本書の人気が高かったことを物語る。大部分はこの当時出版が盛大に行われたバーゼルとシュトラースブルクで印刷されたが、バンベルクでも木版画入りの二点が刊行されている。

農夫と死神の論争はいきいきとした口語的散文で行なわれる。多くの神学的・哲学的素材を含みながらも、それらは自然な口語的（ただしあまりに卑俗ではない端正な）散文で表現され、その方面の素養の少ない一般市民層にもほぼ理解されたのではなかろうか。農夫は死神に敬語を使って話し、十分に理性的であろうとするが、時には激情のあまり怒号となる。死神は常に冷静で皮肉たっぷり、いわゆる「上から目線」で反論し、説得しようとする。時には辛辣、時にはなだめるように、厖大な故事来歴によって相手を煙に巻きながらの弁舌は、読者ないし聞き手を感服せしめる。

ドイツ文学は最古の時代から、朗誦を基本とする韻文文芸であり続けてきた。日常口語の散文が書き留められることはほとんどなく、司法や行政、また教会の用語はだいたいラテン語だった。ただし市民社会の発展につれて現実主義の傾向が高まるのは自然で、世界年代記や法典などの記述はドイツ語散文が増えてゆく。中世も後期になると、大衆説教者の演説が記録されたり、また神秘思想家たちが自分の思想を散文で発表することも増えてきた。神学や哲学のラテン語やフランス語文献が貴顕人士の依頼でドイツ語散文に翻訳されることも多くなり、官房においてもドイツ語の使用頻度が高まっていた。新しい時代精神が新しい文体を欲したわけである。

このような時に『死神裁判』が散文で発表されたことは意義深い。論争の豊富な内容はもう韻文では言い尽くせない（死神自身が第二章でそのことに言及している）。現実の司法の場での争いの雰囲気を作者は見事な、リズミカルな文学的散文によって、しかも古典的修辞法を大胆にドイツ語で繰り広げつつ、再現しようとしたのであろう。前にも触れたように、修辞学がこの時代の文芸界で持った意味は非常に大きかった。新旧の思想表現は華麗な衣装をまとっていなければならなかった。

一四三〇年以降ドイツ散文文学が（少し後になると印刷術の発展とともに）盛んとなるのだが、その最初期の代表が本作品である。付言すれば、言語学的にはこの作品の言語はいわゆる初期新高ドイツ語（バイエルン方言）で、プラハ官房語および特にエーガー（チェコ名ヘプ）官房語に近いという。

成立時期　成立は「献呈書簡」の日付けから遅くとも一四〇〇年八月二十四日と分かる。第十四章に妻の死去は同年八月一日とあり、これが事実であるとすれば、わずかの期間に書きあげて、写本の一点を友人に献じたわけである。妻の死がフィクションであり、以前から長く執筆していたとしても、この頃に一応完成していたことは疑いもない。

テキスト　最古の写本は一四四九年に書写され、最新のものは一五〇〇年頃、合計十六点の写本がある。刊本は一四六〇年頃から十六世紀半ばまで十七点を数える。この数の多さは、本作品が当時一種のベストセラーであったことを物語る。ただし作品が成立したのは一四〇〇年頃と思われるから、ほぼ半世紀近く資料ゼロということになる。また現存写本はすべてボヘミア以外での筆写である。この二つの事実から考えられるのは、本作品成立以降のボヘミアの地を数十年間戦乱の地と化したフス派の宗教改革戦争が、本作の普及伝播を防げ、あるいは湮滅させたのであろうということである。

最古の写本にもすでにいくつもの錯乱や不備が見られ、だから作者によるオリジナル本は存在していない。現存写本・刊本は内容も言語表現も多岐にわたり、したがって本文批判の問題も甲論乙駁、確実なテキストを再構成するのもまだ困難で、写本間の系統樹も確立していないという状況である。

そこで本訳書では、訳者たちが現在最善と考える（H写本を核とする）

ユングブルートの校訂本と、従来のテキストを取捨選択して構成されたベルント・ブルダッハ版に主に基づくゲンツマー・ミーダーのテキスト（レクラム文庫）とを底本とした。

写本の言語は大部分がバイエルン、シュヴァーベン、アレマンといった南独語、また東部中央独語であり、刊本は刊行の地の東部フランケン語、またアレマン語である（蛇足ながら、この時代にはまだ標準ドイツ語は存在しない。標準ドイツ語はルター以降に聖書の普及と印刷術の発展とによって徐徐に形成されることになる）。

作品解釈 この作品は十六世紀後半から長いこと忘れられていたが、十八世紀半ばゴットシェートによって発見され、それ以降レッシングやグリムなどの注目を引いて、小品ながら中世末期、近世初頭におけるドイツ文学最高作品のひとつと見なされている。

しかし内容解釈については、甲論乙駁の状況が現在まで続いていると言っても過言ではない。二十世紀前半にブルダッハは、この作品をイタリアの初期ルネッサンスからの刺激を大きく受けた画期的なものと見た。カール四世のプラハ宮廷にはペトラルカなども滞在し、文人宰相ヨハネス・フォン・ノイマルクトのもと、初期人文主義が栄えつつあった。ブルダッハによれば、『死神裁判』の作者もまたこの新鮮な文化運動の中に生き、新しい時代精神を農夫に代表させた。農夫は人生の価値を肯定し、神によって作られた人間の根源的な善、他の被造物に対する優位、神との相似性、天を目指しての理性などを主張する。彼の言葉には中世カトリック的な煉獄や、教会の権威、聖母マリアや諸聖人に対する誓願などはほとんど出てこない。ここに異端とされながらボヘミアに生きのびたワルド派や、この作品とほぼ同時期にボヘミアで活潑になるフス派の宗教改革の影響を見ることもできよう。これに対し死神は、多くの冷静な学問的知見や実人生の体験に沿うような弁舌で農夫を圧倒するように見えはするが、根本的には中世的「死を思え」memento mori の世界から一歩も出ていない。死神は中世の代表者である――。

ブルダッハのこのような壮大な思想史的見解には、後に強力な反論がシャフェルスやヒューブナーによって寄せられた。農夫も死神もその言辞の基本的部分は中世的思考に基づいており、プラハ宮廷においてはイタリア・ルネッサンス人士のみならず、ハインリヒ・フォン・ミューゲルンのような伝統的ドイツ詩人も滞在してカール四世の愛顧を受け、また宰相ヨハネスは前世紀の独詩人フラウエンロープを高く評価していたということなどが分かった。特に、ヒューブナーは、この論争文に多量の伝統的ドイツ詩のモチーフと技巧が用いられていることを詳細に論じて、この作品がブルダッハが想定したよりもずっと中世的であることを示した。現在ではこの見解がほぼ妥当とされている。イタリアの影響も否定されはしないが、それによって新しい世界観的思想がこの作品で発表されたというよりも、むしろイタリアの影響を受けてドイツ文芸内部で生じつつあった新しい形態を志向して、伝統的中世的内容を新しい形に盛り込んだ作品だということになる。

その後、ブルダッハのような思想史的解釈にも、ヒューブナーのような様式史中心的解釈にも偏しない構造分析中心の解釈、古典修辞学と司法弁論様式の結実とする解釈など、多種多様な研究が行われている。

『死神裁判』における論争内容の主要な典拠はほぼ確認されており、また各章の修辞学構造も正確に分析されている。「まえがき」にも触れたとおり、本訳書ではそれらの事項はごく簡略にしか取り上げていないので、詳細は、文献目録にあげた研究書に譲ることにしたい。

付説(1)

神の判決について

『死神裁判』は、人生の終末期に近づいたある知識人の（妻の死別という実体験の有無はともあれ、愛する人との死別をきっかけとして生じたであろう）生と死の意味についての真摯な思考の総まとめと言っていいだろう。文人である作者は農夫と死神という原告・被告を設定して、演劇的構成のもとに死の否定論と肯定論を作者が知る限りの哲学的・神学的知識を駆使して述べさせる。甲論乙駁の末に神の下す判決は死神に勝利を、農夫には死神に真理を語らしめたことで「名誉」を与えるというものである。農夫は神から与えられたものを自分の相続財産のように主張している点が非であり、また死神は勝利は得るものの、神から封土として授けられたにすぎない権力に慢心していると批判される。

双方に正当性と不当性とを認定するこの判決は、生と死という問題が人間の知力では解決不能であることを作者が神の口を借りて証明しているわけだが、そうしながらも真理を語ることに大きな評価を認めている点で、やはり作者にある強い人文主義的傾向を物語るものであろう。

また神の判決には、この時代には当然予測される最後の審判や、天国・地獄・煉獄といったキリスト教の終末論的色づけが皆無である。ここにも作者の人文主義的傾向を見てよいだろう。

付説(2)

終章第三十四章について

この長大な連禱形式の神への祈りは、多くの箇所で当時の文人宰相ヨハネス・フォン・ノイマルクトがカール四世のためイタリア語から翻訳した偽アウグスティヌス『神との親しき語らいの書』を引用し、パラフレーズしている。伝統カトリック的な敬虔な信仰心の披瀝であり、前章までとやや異なった雰囲気を持つ。一三八〇年死亡の文人宰相と作者の関係は知られていないが、師弟関係にあったとの推測もなされている。しかしこれほど多くの依存は不思議であり、ひょっとすると『死神裁判』全体に漂うやや非伝統宗教的な、ないし人文主義的な香りを中和する働きを作者はこの祈りに期待したのかもしれないと推測するのは、考えすぎであろうか。

付説(3)

数の象徴性について

神の判決が第三十三章、農夫（あるいは作者）の祈禱が第三十四章であるのは、キリストの生涯の年数に基づく聖数として意図的なものである。ヨーロッパ中世においてはキリスト教的聖数が文芸、造形芸術、音楽のどの分野においても重要な役割を持つ。たとえばダンテの『神曲』は「地獄篇」「煉獄篇」「天国篇」という三部（三は三位一体の象徴）構成で、さらにそれぞれが三十三歌から成り、そして序歌一歌を加えて完全数である百歌となっている。

宇宙は数によって支配されるというピタゴラス学派、数を調和の本質とするプラトンなどの古典古代の学説の圧倒的影響のもと、中世キリスト教文学における聖数の意味は非常に大きい。ドイツ文学も例外ではなく、古高ドイツ語の『(オトフリートの)福音書』、古低ドイツ語の『ヘーリアント(救世主)』などの宗教叙事詩も、その詩行や歌章の数は、意識的に聖数に合致するよう構成されていることが証明されている。

キリストの生涯の年数は一般的に三十三とされるが、三十四という伝承もあり(「人生の第三十四年目の年に」という表現が、「三十四歳で」と解釈される可能性は大きい)、この長大な祈りを第三十四章として、つまりキリストの復活の象徴を亡妻の魂の救済・復活に重ね合わせて、ここに置いたのではなかろうか。

死神とともに労働するアダム　〔(左右ともに) H.ホルバイン画 (1525年頃)〕

楽園追放と死神

付説(4)

死の舞踏のイメージ

十四・十五世紀は飢饉と戦争、そしてペストの大流行という三大厄に見舞われた時代であった。深い嘆き、メランコリーの世紀である。「死を思え」というキリスト教会の教えは初期中世からあったが、それが民衆にまで浸透したのは、托鉢修道会が成立して民衆説教が盛んになった盛期中世からである。末期になると説教師に加えて壁画や木版画も直接的影響を及ぼすようになり、至るところで「memento mori 死を思え」という叫びが響きわたるようになった。この時代には「死」は「死神」という擬人化した形態を与えられ、教会の壁画や木版画の中で大活躍をするようになる。いわゆる「死の舞踏(Totentanz, danse macabre)」がその代表で、大鎌やシャベルを持った死神が教皇や皇帝から乞食に至るまでのあらゆる人類を軽快な死のダンスに引き込んでゆく。『死神裁判』も、この「死の舞踏」というジャンルのごく初期の、あるいは先駆的作品と言ってよいだろう。「死の舞踏」は今は失われたパリの聖イノサン教会墓地の最古とされるものが一四二五年、リューベックやバーゼルのものが十五世紀半ばとされるので、一四〇〇年頃に成立した『死神裁判』はむしろ「死の舞踏」の流行に一役買ったとも考えられる。

主要参考文献

（本書翻訳に当たって直接的に参考にしたものが中心で、網羅的ではない。）

〔テキスト〕

JUNGBLUTH, Günter（Hrsg.）：Johannes von Saaz, Der Ackermann aus Böhmen. Bd. I. Heidelberg 1969.

KROGMANN, Willy（Hrsg.）：Johannes von Tepl, Der ackerman. Wiesbaden 1964^{2}.

〔注釈〕

ZÄCK, Rainer（Hrsg.）：Johannes von Saaz, Der Ackermann aus Böhmen. Bd. II：Kommentar. Aus dem Nachlaß von Günther Jungbluth. Heidelberg 1983.

BERTAU, Karl：Johannes de Tepla, civis Zacensis, Epistola cum Libello Ackerman und Das Büchlein Ackerman：nach der Freiburger Hs. 163 und nach der Stuttgarter Hs. HB X23. Bd. 2. Untersuchungen：Einleitung, Untersuchungen zum Begleitbrief und zu den Kapiteln 1 bis 34 des Textes und Wörterverzeichnis mit Exkursen. Berlin・New York 1994.

〔翻訳〕

GENZMER, Felix：Johannes von Tepl. Der Ackermann und der Tod. Originaler Text〔Ausgabe Hübner〕und Übertragung. Stuttgart 1984 (Reclams Universalbibl. 7666).［現代ドイツ語との対訳。注や解説は少なく、ひととおりの通読によい］

神保謙吾「ボヘミア人　アッカーマン」（「ドイツ文学研究」第四号、一九六八年）。「ボヘミア人　アッカーマン」（その二）（「名古屋大学教養学部紀要」第十一輯、一九六七年）〔訳文のみで注や解説もない。翻訳の底本も不明〕

ヨハネス・フォン・テープル著『ボヘミアの農夫　死との対決の書』石井誠士・池本美和子訳・解説（人文書院　一九九六年）〔単行書としては日本初訳。図版が多く読みやすいが、翻訳の正確さには問題がある〕

〔研究史概説〕

HAHN, Der Ackermann aus Böhmen des Johannes von Tepl. Darmstadt 1984.［詳

細な研究史と研究書が紹介されており、専門研究に進む場合の必読書〕

日本の独文学界でも多くの研究が行なわれてきたが、特筆すべきは故橋本郁雄氏による緻密な諸論文である。一橋大学関係の雑誌に掲載されたこれらの論文は、時代の制約はあるものの、今なお一読の価値がある。氏による翻訳が発表されていたなら、と残念である。

〔その他〕

KAISER, Gert（Hrsg.）: Der tanzende Tod, mittelalterliche Totentänze. Frankfurt a. M. 1982.（insel taschenbuch 647）

OHLER, Nobert : Sterben und Tod im Mittelalter. München 1993.（dtv sachbuch）

薩摩秀登『プラハの異端者たち　中世チェコのフス派にみる宗教改革』（現代書館　一九九八年）

訳者あとがき

訳者まえがきでも触れたように、訳者（のひとり）は四十年以上も前にこの作品を知り、奇妙な内容ながら強く引きつけられて、たどたどしく読み進めてきた。言語、内容ともに難解そのものなのに、邦訳するなどという大それた思いは、そろそろこの訳者にも死神殿の足音が聞こえてきた最近になって強く脳裏に浮んできた次第である。いろいろの紆余曲折を経て、ともかく刊行できる幸せを喜んでいる。

思想史方面にはあまり強くない訳者たちなので、とんでもない曲解や誤解もたくさん潜んでいるかもしれないことを告白しておく。ご指摘、ご教示をお願いしたい。

ドイツ文学の老書生と新進という二人の読書会の成果がこの翻訳であるが、遺憾なことに新進の方が途中で体調を崩したため、訳文・注解・解説の大部分の執筆は（相互チェックは行いつつも）老書生（石川）の筆によらざるを得なかった。訳文がいささか古めかしい文体になってしまっている原因は、ほぼそのへんにある。ご寛恕を乞う次第である。

ドイツ文学史ではかなり有名とはいえ、特殊な内容でないこともない――したがって「洛陽の紙価を高める」ことなど絶対にあり得ない――このような作品の翻訳出版を敢行してくださった現代書館、とりわけ編集部の吉田秀登氏に深甚な感謝を捧げる。

また原稿作成に多大な援助を惜しまなかった大谷大学の竹中正太郎氏（哲学科非常勤講師）と味村考祐氏（大学院哲学専攻）にも心からお礼を申しあげる。その他、こんな小著でも世に出るには実に多くの人々の努力と善意に依存しているはずである。そのすべての方々にお礼を申し上げたい。

【訳者略歴】

青木三陽（あおき　さんよう）

1975年長崎生まれ。京都大学大学院 人間・環境学科研究科博士後期課程研究指導認定退学。

博士（人間・環境学）。

大谷大学任期制助教等を経て現在、京都大学非常勤講師。

ドイツ中世文学専攻。

主要訳書
アーダルベルト・シュティフター『石さまざま』（共訳　松籟社　2006年）

石川光庸（いしかわ　みつのぶ）

独語学・ゲルマン語学、洋学史専攻。

元京都大学教授。

主要著書
『ドイツ語〈語史・語誌〉閑話』（現代書館）、『古ザクセン語　ヘーリアント（救世主）』（大学書林）、『匙はウサギの耳なりき――ドイツ語源学への招待』（白水社）、『ドイツ重要単語2200』（共著、白水社）など。

主要訳書
F.クルーゲ著『ドイツ語の諸相』（共訳、クロノス）、B.C.ドナルドソン著『オランダ語誌――小さな国の大きな言語への旅』（共訳、現代書館）、W.シュトゥーベンフォル編『グリム家の食卓』（共訳、白水社）、『ブランデンシュタイン家所蔵シーボルト書簡――翻刻と翻訳』（共編訳、シーボルト記念館『鳴滝紀要』）など。

死神裁判《しにがみさいばん》
——妻を奪われたボヘミア農夫の裁判闘争

二〇一八年二月十五日　第一版第一刷発行

著　者　ヨハネス・デ・テプラ
訳　者　青木三陽・石川光庸
発行者　菊地泰博
発行所　株式会社現代書館
　　東京都千代田区飯田橋三―二―五
　　郵便番号　102―0072
　　電　話　03（3221）1321
　　F A X　03（3262）5906
　　振　替　00120―3―83725
組　版　プロ・アート
印刷所　平河工業社（本文）
　　東光印刷所（カバー）
製本所　積信堂

校正協力・迎田睦子
© 2018 Printed in Japan ISBN 978-4-7684-5808-2
定価はカバーに表示してあります。乱丁・落丁本はおとりかえいたします。
http://www.gendaishokan.co.jp/

本書の一部あるいは全部を無断で利用（コピー等）することは、著作権法上の例外を除き禁じられています。但し、視覚障害その他の理由で活字のままでこの本を利用できない人のために、営利を目的とする場合を除き「録音図書」「点字図書」「拡大写本」の製作を認めます。その際は事前に当社までご連絡ください。また、活字で利用できない方でテキストデータをご希望の方はご住所・お名前・お電話番号をご明記の上、左下の請求券を当社までお送りください。

活字で利用できない方のための
テキストデータ請求券
『死神裁判』

現代書館

石川光庸 著
ドイツ語〈語史・語誌〉閑話

京都大学元教授のドイツ語学者が、一味も二味も違う軽妙洒脱な文章で描くドイツ語語源学の愉しみ。ドイツ人との会話で、ふいに開く語源学への扉が思わぬ知的冒険に繋がっている！　欧州の歴史と文化に出会える、読んで楽しい語学教養書。

2300円＋税

西本美彦・河崎靖 著
ドイツ語学を学ぶ人のための言語学講義

英語とともに西ゲルマン語というグループに属するドイツ語。その歴史、構造の理解を通じて、言語そのものへの理解を深められる本。京大名誉教授と京大教授の共著によって、研究の歴史から最新の成果までを分かり易く解説。

3200円＋税

河崎 靖 著
ゲルマン語学への招待
——ヨーロッパ言語文化史入門

英語・独語・蘭語グループのおおもとゲルマン語の全貌と歴史が分かる本。ギリシア、ラテンなど古典語として強い文化的求心力を持つ言語に対し、ゲルマン語が担ってきた多様な文化と歴史を多くの文献、会話例などで詳解する。

2300円＋税

河崎 靖 著
ドイツ語で読む『聖書』
——ルター、ボンヘッファー等のドイツ語に学ぶ

京都大学教授による書き下ろし。ルターの宗教改革等、キリスト教の歴史の中でも特異な役割を果たしてきたドイツ語訳聖書の深い世界を文法・語彙・表現を豊富に例示。ラテン語・ギリシア語等古典語も併記しながら解説する。

2400円＋税

杉谷綾子 著〈叢書 歴史学への招待〉
神の御業の物語
——スペイン中世の人・聖者・奇跡

中世欧州の心の風景を聖者・奇跡譚と巡礼の歴史の中に読み解く。奇跡話はいかにして人に癒しを与え生活の中に根づいたのか。スペイン中世の聖地サンティアゴ・デ・コンポステーラへの巡礼とレコンキスタ等イベリア半島中世史を詳述する。

3000円＋税

森 涼子 著〈叢書 歴史学への招待〉
敬虔者たちと〈自意識〉の覚醒
——近世ドイツ宗教運動のミクロ・ヒストリア

17世紀末のドイツの宗教運動「敬虔派」の歴史を解説し、この宗教運動がまったく思わぬ波紋を社会と個人の精神に及ぼす過程を歴史学者が書き下ろす。近代化の激動の欧州で、「自意識」を創り出した庶民たちの精神史を明らかにする。

3000円＋税

定価は二〇一八年二月一日現在のものです。